質草の誓い

質屋藤十郎隠御用　六

小杉健治

集英社文庫

目次

本文挿絵　横田美砂緒

質草の誓い

質屋藤十郎隠御用　六

第一章　命の質草

一

晩秋の日は短く、もう辺りは薄暗くなっていた。風が冷んやりとしてきた。藤十郎《とうじゆうろう》は入谷田圃《いりやたんぼ》の外れにある『大和屋《やまとや》』を引き上げ、稲荷町《いなりちよう》に差しかかった。

藤十郎は数日おきに実家である『大和屋』を訪れ、父藤右衛門《とうえもん》と兄藤一郎《とういちろう》と打ち合わせている。

『大和屋』は町人を装っているが、れっきとした幕臣である。したがって、藤十郎も武士であるが、ふだんは『万屋《よろずや》』の主人として質屋業を営んでいる。

もう少し早く帰るつもりだったが、兄から呼び止められて、帰りはこの時間になってしまった。

兄の話は思いがけないものだった。まだ、そのことが頭から離れない。少し憂鬱な気持ちで帰途についたのだ。

藤十郎が田原町《たわらまち》へと急ぎ、新堀川《しんぼりがわ》にかかる菊屋橋《きくやばし》の前にやってきたとき、三人の男ががっしりした体つきの若い男を囲むようにして浅草田圃のほうに向かっていくのを見た。

三人とも二十七、八ぐらい。若い男は二十過ぎぐらいか。険しい様子に、穏やかならざるものを感じ、藤十郎は思わずあとをつけた。

「仙太《せんた》、きょうこそ大きな口を叩《たた》けねえようにしてやる」

三人のうちのひとりが吠《ほ》えるように言う。

「なに言っていやがるんだ。ひとりじゃ敵《かな》わないからって、こんな化け物のような男を連れてきやがって」

若い男が落ち着いた口調で言い返す。

「化け物とは俺のことか」

巨軀《きょく》の男が喚《わめ》いた。

「なんだ、自分でもわかっているじゃねえか」

「なにいっ。その減らず口も今だけだ」

「ちっ、てめえの顔を見ると胸くそが悪くなる」

どうやら喧嘩《けんか》のようだ。話の様子だと、以前からもめていた関係で、たまたま町中で出くわし、争うことになったというところだろう。

寺の横にある雑木林に入っていく。人気《ひとけ》のない場所で四人が立ちどまった。

「ここでいいだろう」

「ああ、結構だ」

三人にひとりだ。若い男も体格はいいが、相手の三人も屈強な体をしている。万が一のときには出ていこうと藤十郎は樹木の陰で見守った。

いきなり、三人のうちのひとりが若い男に殴り掛かった。若い男は避《よ》けきれずに拳が頬を掠《かす》めた。

「痛《いて》え、やりやがったな」

若い男は頬をさすってから、相手に向かって突進した。相手は弾《はじ》き飛ばされ、仰向《あおむ》けにひっくり返った。若い男が体勢を立て直す前に、別の小太りの男が背後から若い男の首に太い腕をまわし、絞め上げた。

若い男は首を絞めつけられながらも体をひねって肘で背後の男の脾腹《ひばら》を激しく突いた。うぐっと奇妙な声を上げ、小太りの男は離れた。

若い男はすかさず小太りの男に飛び蹴りを加えた。小太りの男は尻餅をついた。

「てめえ」

巨軀の男が指をぽきぽき鳴らしながら若い男に迫る。

「待て」

若い男が手で制する。

「てめえのようなでっかい相手にはまともに行ったら勝ち目はねえ。だから、奥の手を使わせてもらうぜ」

「奥の手とはなんだ？」

「卑怯《ひきよう》な手だ」

　そう言うや否や、凄《すさ》まじい勢いで若い男は体を丸めて巨軀の男の股ぐらに飛び込み、褌《ふんどし》の中の逸物《いちもつ》を摑《つか》んだ。

「てめえ、なにしやがる」

　巨軀の男があわてて、股ぐらにある若い男の頭を叩く。だが、若い男はぐっと握り締めたらしく、巨軀の男が悲鳴を上げた。

　その隙に素早く離れ、驚いて突っ立っている男を殴りつけ、もうひとりは胸倉を摑んで投げ飛ばした。

「きさま、卑怯な奴《やつ》」

　巨軀の男がまだ痛いのかガニ股で迫った。

「喧嘩に卑怯もくそもあるか。おめえのような化け物にはこうでもしなきゃ勝てねえ。さっき、そう言ったはずだ」

　若い男はさらに、

「それより、ひとりに三人でかかってくるほうが卑怯じゃねえのか」

「いっちょまえの口を叩きやがって」

　巨軀の男の顔から湯気が出ているようだ。

「兄貴、こうなりゃ、やるしかねえ」

小太りの男が懐から匕首《あいくち》を抜いた。

「ばかやろう。これは喧嘩だ。喧嘩にそんなもの出すな」

巨軀がたしなめる。

「でも」

「喧嘩の相手を殺したって何の得もねえ。かえって、岡っ引きに追われ、損をするだけだ。それに、この男にはそんなもので威《おど》しはきかねえ」

巨軀の男はようやく痛みが引いたのか、まともに立って、

「どうやら、この喧嘩はこっちの負けのようだ」

と、言った。

「おい、仙太とか言ったな」

「そうだ」

「もうやめよう。俺たちの負けだ」

「そうかえ」

仙太と呼ばれた若い男は上機嫌になって、

「なんだかものわかりがいいな」

「これで、恨みっこなしにしよう、いいな」

巨軀の男は三人の中で一番若い男に言う。

「へい」

「仙太もいいな。これで手打ちだ」

「そっちさえよければ、俺はいいぜ。ただ、俺の持ち場を荒さねえでくれればいい」

「いいだろう」

藤十郎は巨軀の男の魂胆がわかった。が、黙って見ていた。

「仙太。じゃあ、これでおしまいだ」

そう言うや否や、巨軀の男はいきなり仙太に駆け寄り、ばかでかい拳で殴った。仙太は体がふわっと浮き上がって地べたに落ちた。

「仙太、喧嘩は最後まで油断するんじゃねえ」

仙太はまだ伸びている。

小太りの男が仙太の腹に足蹴を入れようとしたのを、

「やめろ」

巨軀の男が制した。

「じゃあ、これで終わりだ。いいな」

三人は仙太を残して去っていった。

やっと起き上がった仙太は、

「ちくしょう」

と、大きく叫んだ。だが、それほど悔しがってはいないようだ。

仙太は立ち上がって、頬をさすりながら新堀川のほうに向かった。

藤十郎もあとをつけるような格好で、菊屋橋に出た。仙太は橋の横に置いてあった天秤棒《てんびんぼう》を担いだ。仕事の途中で喧嘩になったらしい。

成り行きを見届けた藤十郎は橋を渡り、東本願寺の前を通って田原町の『万屋』に帰ってきた。

土蔵造りの質屋の屋根に飾られた将棋の駒形をした看板には「志ちや」と書かれ、隅に万屋藤十郎とある。

もともと、ここは古着屋があった場所で、跡継ぎがなく廃業したあとに、藤十郎が質屋を開いたのである。

ちょうど、番頭の敏八《びんぱち》が暖簾《のれん》を片づけるところだった。

「おかえりなさいまし」

「何もなかったか」

「はい」

店はほとんど敏八に任せてある。京橋にある大きな質屋に奉公していた男で、主人と折り合いが悪くてやめたところに、藤十郎が声をかけたのだ。

藤十郎は自分の部屋に入って、改めて兄の話を蘇《よみがえ》らせた。

用件はおつゆのことだった。

おつゆは二十二歳。大和家の譜代《ふだい》の番頭の家柄に生まれたため、大和家に仕えて役目をこなす定めを背負っている。

藤十郎は『大和屋』の三男だが、大和家の一員として好き勝手は許されない立場だった。それでも、いつかはおつゆを妻にし、静かな暮らしが送れることを願っていた。

兄はこう言ったのだ。

「おつゆに縁談が持ち上がっている。相手は譜代大名家のご次男だ。当家にとっても悪い縁組ではない」

「待ってください。おつゆは……」

「そなたとの仲はわかっている。だが、そなたとおつゆは添われぬ。そなたの縁組は『大和屋』だけの一存では決まらぬことはわかっているはず」

神君家康公は商人の台頭とともに、やがて武家が困窮していく事態を予想し、『大和屋』を作ったのだ。

札差《ふださし》からも相手にされなくなった旗本・御家人に金を貸し出し、救済する役目を担っているのが『大和屋』である。

その『大和屋』の資金源は浅草弾左衛門《だんざえもん》である。家康公は今日のことを予期し、浅草弾左衛門に特権的な職を与える代わりに莫大《ばくだい》な金が集まるような仕組みを作った。

「『大和屋』の人間の縁組は幕閣の判断を仰がねばならぬ。主従の関係にあるものとの縁組は許されないのだ。このまま、そなたたちが思いを抱き続けても添われぬまま無為な歳月を費やしていくだけだ。望まれるところに嫁いでいくことが、長い目で見れば、おつゆにとっても仕合わせではないか」

兄は藤十郎に刃《やいば》を突き付けるように、命じた。

「藤十郎、そなたからおつゆに因果を含めよ。縁組を受け入れるように説き伏せるのだ」

「私の口からおつゆに告げさせるとは、兄上は酷《むご》いことを……」

藤十郎は胸を掻《か》きむしられる思いだった。

「『大和屋』に生まれた者の定めだ。俺とて、そうだった」

兄にも好きな女子《おなご》がいたが、引き離された苦い過去があった。

「旦那さま」

襖《ふすま》の外で、敏八の声がした。

「帳簿の整理が終わりました」

「ごくろう。すぐ行く」

きょうの取引について、藤十郎が確かめることになっている。

藤十郎は立ち上がって店に向かった。

数日後。藤十郎は蔵前《くらまえ》の札差のところからの帰りだった。『万屋』には札差からの借金が嵩《かさ》み、身動きのとれなくなった旗本や御家人が駆け込んでくることも少なくない。そのようなとき、藤十郎は客の武士が負っている借金の内容を札差に確かめる。きょうもその件で蔵前を訪れた帰りだった。駒形町《こまがたちょう》に差しかかったとき、いきなり目の前に遊び人ふうの男が転がってきた。続けて、もうひとりが倒れ込んできた。

目の前にある『まる屋』という一膳飯屋から若い男が飛び出してきた。二十過ぎぐらいで肩が盛り上がり、胸板は厚く、たくましい体つきだ。その体つきに比べたら顔がずいぶん小さく見えた。

藤十郎は、おやと思った。先日見かけた仙太という男だ。

「おい、俺は駒形町の助太郎店《すけたろうだな》に住む仙太だ。文句があるなら、いつでも相手してやるぜ。助っ人を連れてくるなら連れてきやがれ」

腕まくりをして、仙太は仁王立ちになった。

ふたりの男はすっかり怖じ気《おけ》づいている。ふたりとも大柄だ。ひとりは眉が濃く、目が大きい。もうひとりは、眉の横に切り傷があった。

「やい、なんとか言いやがれ」

「待ってくれ。わかった、もうしねえ」

「ほんとうだな。もし、嘘《うそ》だったら」

仙太が男の胸倉に手を伸ばす。

「待て、嘘じゃねえ」

男はあわてて言う。

「よし、じゃあ、行け」

ふたりの男は立ち上がって後退《あとずさ》りしながら並木のほうに逃げていった。

そこに、十八歳ぐらいの女が通り掛かり、仙太のそばに駆け寄った。

「仙太さんじゃないの」

女は声をかけた。

「あっ。おすみちゃん」

振り返った仙太はばつの悪そうな顔をした。

「また、喧嘩をしたの？」

「いや、喧嘩じゃねえ。今の連中の態度が悪かったから、ちょっと」

「ちょっと何？」

「ちょっと……」

大きな体を小さくして、仙太はうなだれた。

近くに佇《たたず》んでいた年寄りが仙太に近寄ってきて、

「すまねえ、助かった」

と、礼を言っている。

「なあに、気にしねえでいいぜ。でも、あんな輩《やから》が多いから気をつけるんだぜ」

「へえ」

年寄りが頭を下げる。

「おすみちゃん、『大津屋《おおつや》』さんの帰りかえ」

「ええ」

「いっしょに帰ろう」

仙太は道端に置いてあった天秤棒を担ぎ、おすみという女といっしょに駒形町の町筋に去っていった。

年寄りは仙太とおすみの後ろ姿を見送っていた。

「とっつあん」

藤十郎は声をかけた。

「何があったんだね」

「へえ、そこの飯屋で飯を食って出ようとしたら、人相のよくない男があっしの前に足を投げ出したので。男の足をつっかけてしまった拍子に、連れの男の湯呑《ゆの》みを落として酒が膝にこぼれて」

　年寄りは身をすくめて、

「これは高い着物なんだ。どうしてくれるんだと凄《すご》みだして。なだめようとした店の小女も突き飛ばしたんです。その悲鳴を聞いてさっきの若い男が駆け込んできて、ふたりを外に放り出したんです」

「それでか」

「へえ、おかげで助かりました」

「とっつあんの名は？」

「あっしは重吉《じゆうきち》です」

「住まいは、この近所？」

「いえ。本所《ほんじよ》です。ここには人探しで……」

　重吉は答えた。

　痩せて、頬もこけて、顔色も悪い。病気を抱えているのかもしれない。老けて見えるが、見た目よりは若いかもしれない。

「では、あっしは……」

　重吉は蔵前のほうに去っていく。その後ろ姿に、若い頃の姿をなんとなく想像した。

　重吉を見送ってから、藤十郎も田原町に向かう。重吉に代わって、今度は若い仙太の顔が脳裏を掠めた。

二度も見かけるというのはよほど何かの縁があるのか。ひょっとしたら、もう一度、出会うかもしれないと、藤十郎は威勢のいい若者を好ましく思っていた。

二

数日後の夕方。青物売りの棒手振《ぼてふ》りをしている仙太は、野菜の籠を両端に提げた天秤棒を担ぎ、上野山下から浅草方面に向かった。

まだ売れ残りの野菜がある。仙太は焦っていた。たまにこのような日がある。

今朝、仙太はいつものように三好町《みよしちよう》にある菊造《きくぞう》親方の家に行き、天秤棒と仕入れ代金を借りて、神田にある市場でカブやダイコン、イモなどを仕入れ、江戸市中を歩き回った。

西は江戸橋まで行き、築地から八丁堀、日本橋、神田と歩き回り、本郷まで行って、陽《ひ》が傾くと湯島から池之端仲町《いけのはたなかちよう》を経てここまでやってきた。

下谷広徳寺の前までやってきたとき、客を下ろした駕籠《かご》がふいに向きを変えた。天秤棒を担いだ仙太に駕籠がぶつかりそうになり、仙太はよろけた。

「気をつけろ。唐変木」

先棒《さきぼう》を担いでいた駕籠かきが怒鳴った。

「やい、待ちやがれ」

仙太は天秤棒を置き、駕籠かきを追いかけて回り込んだ。

「おう、今なんて言った？　唐変木だと？」

「なんでえ、若造。唐変木だから唐変木と言ったんだ。ちゃんと目を開けて歩きやがれ。邪魔だ、どけ」

「てめえのほうこそ、前を見て歩け。このぼけすけ」

「ぼけすけだと」

駕籠を置き、後棒《あとぼう》の髭《ひげ》もじゃの駕籠かきも前に出てきた。

「てめえ、やるのか」

駕籠かきは喧嘩腰になった。

「おもしれえ、やってやろうじゃねえか」

仙太はほくそ笑んだ。

「この野郎」

先棒の男が太い腕を振り回してきた。腰を沈めて腕をかいくぐり、仙太は相手の懐に飛びこんで、思い切り顔を拳で殴る。顔が一瞬、いびつに歪《ゆが》んで、相手は仰向けに倒れた。すかさず、後棒の男の脛《すね》を蹴り、さらに体当たりをして弾き飛ばした。男は派手にひっくり返った。

立ち上がった先棒の男は口の中を切ったらしく、血の混じった唾を吐き出して、

「てめえ、許せねえ」

と、身構えた。

「そうかえ、じゃあ、かかってきな」

挑発し、相手が踏み込んできたのを見て、仙太はすれ違いざまに脛を蹴り上げた。

「痛え」

相手は悲鳴を上げてうずくまる。

どこにあったのか、後棒の髭もじゃの男がこん棒を握って迫ってきた。

「この野郎」

こん棒を思い切り振り下ろした。仙太は飛び退《の》いて逃げたが、なおも続けざまに振り回してきた。

右、左と避けながら、

「ほれ、どうした。当たらねえじゃねえか」

と、仙太は揶揄《やゆ》した。

そのとき、もうひとりの男が仙太の脚にしがみついた。

「あっ、こんちくしょう。放せ」

仙太は身動きがとれず、焦った。そこにこん棒が振り下ろされた。仙太はしがみついている男もろとも地べたに倒れ込んで、こん棒を避けた。

仙太はすぐ起きあがろうとしたが、倒れても男は仙太の脚を放さない。

「放しやがれ」

仙太は必死に叫ぶ。

頭の上に、髭もじゃの男の汚い脚が見えた。

仙太は必死でしがみついている男に拳を入れる。だが、男は渾身《こんしん》の力で仙太の脚を押さえつけ、凄まじい形相で、

「早く、やれ」

と、もうひとりの男に怒鳴った。

「よし。やい、覚悟するんだな。しばらく動けねえ体にしてやる」

男はこん棒を振り上げた。

仙太は思わず横たわりながら両腕で頭をかばった。

激しい衝撃が襲い掛かるかと、目をつぶり、身をすくめる。

が、しばらく経《た》っても、衝撃は襲ってこなかった。

仙太は腕をどかし、目を開けた。男がこん棒を振りかざしたまま、固まったように動かない。

男の鼻先に剣先がぴたっと宛てがわれている。浪人が剣先を向けているのだ。

「こん棒を捨てろ」

男はこん棒を下ろす。浪人は刀を鞘《さや》に収めた。

気がつくと、脚が軽くなっていた。しがみついていた男も離れている。仙太は急いで立ち上がった。

「どんな事情があるかわからぬが、この辺でやめといたほうがいい。これ以上やると、あとあと遺恨が残る」

「覚えていやがれ」

駕籠かきは捨てぜりふを残し、駕籠を担いで去っていった。

「お侍さん、ありがとうございました」

仙太は礼を言う。

「喧嘩か」

「へえ」

「あれじゃ、またどこかで出会ったら喧嘩をふっかけてくるかもしれぬな」

無精髭を生やし、むさい感じだが、目元は涼しい。髭を剃《そ》れば、凜々《りり》しい顔つきになるに違いないと思った。

「あっしは駒形町の助太郎店に住む仙太って言います。よろしければ、お名前をお聞かせ願えませんか」

「名のるほどの名ではないが、如月源太郎《きさらぎげんたろう》だ」

「如月さまで。お礼に、どこぞで一献」

仙太はなんとなく如月源太郎と別れがたくなって誘った。

「それより、まだ野菜が残っている。おぬしが放っておいたから黙って持っていこうとした不届き者がいた。追い払ったが、今度喧嘩をするときは、荷物を置く場所に気をつけることだ」

「へえ、すみません」

仙太は頭を下げてから、

「で、一献のほうはどうしましょう」

と、もう一度誘った。

「俺は酒には目がないが、この程度のことで馳走《ちそう》になるわけにはいかぬ」

「でも、如月さまがいらっしゃらなかったら、あっしはどうなっていたか」

「まあ、今度また、おぬしを助けるようなことがあったら、そのときは馳走になろう」

「ほんとうですかえ」

「ほんとうだ。だが、身の程知らずなことはするなよ」

「失礼ですが、如月さまのお住まいを聞いてもよろしいですかえ」

「うむ。田原町にある『万屋』という質屋の離れに世話になっている」

「『万屋』っていう質屋ですね。そうでございますか。もし、何か助けていただきたいことがあったら、お願いに上がってもよろしいでしょうか」

「構わぬ。暇をもてあましているんでな。但《ただ》し、喧嘩の片棒を担ぐなら、よほどの相手でないとだめだ」

「わかりました。じゃあ、そのときはぜひ一献を」

「いいだろう」

如月源太郎と別れ、仙太は三好町の菊造親方のところに戻った。天秤棒を返し、借りた金と利息を払い、売れ残った野菜を風呂敷に包んで背負うと、駒形町の長屋に帰った。

いったん自分の家に帰って、売れ残った野菜を仕分けし、良いものを風呂敷に仕舞い直して土間を出た。

「ごめんよ」

左隣のおすみの家の腰高障子を開ける。

「仙太さん、お帰りなさい」

おすみが声をかける。おすみは十八歳、病気の母親とふたり暮らしだ。

「これ、置いておく」

仙太は野菜を台所に置く。

「いつもすまないね」

蒲団《ふとん》の上で起きあがっていた母親のおとよが声をかけてきた。

「いいんですよ。それより、だいぶ顔色も良くなってきたじゃありませんか」

仙太は上がり框《がまち》のそばまで行ってきいた。

「ええ。だいぶ、良くなったようなの」

「ほんとうですかえ。それはよかった」

仙太はおすみのために喜んだ。

「じゃあ、あっしは」

「待って」

おすみが呼び止めた。

「いつもありがとう。あっ、ここ裂けているわ。それに、土がついている」

仙太の着物の袖をつまんで、おすみが顔色を変えた。

「仙太さん。また、喧嘩をしたんじゃ?」

「いや、たいしたことないんだ」

「たいしたことなくても、喧嘩をしちゃだめよ」

「うん」

「だって、この前はもうしないって約束したじゃない」

「もう、しないよ」

「いつも、そう言うわ」

おすみが泣きそうな顔になった。

「おすみちゃん、どうしたんだ？」

仙太は驚いてきいた。

「だって、仙太さん、私の言うことをぜんぜん聞いてくれないんですもの。いつも、わかったわかったって言いながら、また喧嘩して」

おすみは俯《うつむ》いた。仙太はあわてて、

「もうしない、ほんとうだ」

と、訴える。

「ほんとうね」

「ああ、約束する」

「きっとよ」

「ああ、きっとだ」

おすみと約束するときはいつも本気だった。もう二度と喧嘩はしないと本気で誓っている。だが、いざというときに、その思いはどこかに行ってしまうのだ。

「じゃあ」

仙太が出ようとすると、

「おかず、あとで持っていくわ」

と、おすみが言う。

「すまねえ」

家に戻り、残っている野菜をまた風呂敷に包み、今度は右隣の半治《はんじ》の家に行った。

腰高障子を開けると、半治は出かけるらしく、土間に下りたところだった。

「出かけるのかえ」

仙太はきいた。

「飯だ」

「じゃあ、これ置いておく」

「いつもすまねえな」

半治は三十過ぎで、半年前にこの長屋に引っ越してきた。口数の少ない男で、いかつい顔だが、目尻が下がっているせいか、目元がやさしく見える。腰が低く、人当たりはいい。

「じゃあ」

「あっ、仙太さん」

半治は弟のような年下の仙太にもさん付けで呼ぶ。

「どうだね、たまにはいっしょに」

「そうだな」

おすみがあとでおかずを持ってきてくれると言ったが、それは明日の朝に食べればいい。この機会に、半治のことをもっと知りたいと思った。

「わかった。ちょっと、おすみちゃんに言ってくる」

仙太はおすみのところに行って半治と飯を食いに行くことになったと言い、改めて半治のもとに戻った。

「いいのか」

半治は気にした。

「だいじょうぶだ」

長屋木戸を出て表通りにある一膳飯屋の『まる屋』の暖簾をくぐった。

もうだいぶ客が詰めていた。酒も呑めるので、早くから客がやってくる。仙太と半治は小上がりの隅で向かい合った。

半治が小女に酒とつまみを頼んでから、

「こうして仙太さんとさしで呑むのははじめてだな。いちど、大家さんと三人で呑んだことがあったが」

「そうでしたね」

小女が酒を運んできた。

「ありがとうよ」

半治が受け取り、仙太の猪口《ちょこ》に注《つ》いでくれた。

「すまねえ」

仙太も注ごうとするのを、

「いい。あとは手酌だ」

そう言い、半治は自分の猪口に注ぐ。

「仙太さんとおすみさんは、ずいぶん仲がいいな」

いっきに猪口を空けて、新たに酒を注ぎながらきいた。

「小さい頃から兄妹みたいに育ってきたからな」

「仙太さんもおすみさんも、あの長屋で生まれたのかえ」

「いや、そうじゃねえ。俺がじいちゃんとあの長屋で暮らすようになったのは十八年前。俺が四歳のときだった。それより少し前に、おすみちゃんたちが越してきたらしい」

「じゃあ、おすみさんは生まれたばかりだったんだな」

「そういうことだ」

仙太も猪口を呑み干した。

「いけるほうかえ」

半治がきく。

「それほどでもねえ」

「もう一本、もらおう」

半治は小女を呼び、酒を追加した。

「ところで、この前、ここでごろつきに絡まれたとっつあんを助けてやったそうだな」

「誰から？」

半治は小女に顔を向けた。

「助けたなんて、そんな格好のいいもんじゃねえけど」

「どんなとっつあんだった？」

「どんなだったかな。痩せて、顔色は良くなかったな。あまり、話をしなかったから、わからねえ」

「今度、会ったらわかるかえ」

「わかると思うけど」

仙太は不思議に思って、

「あのとっつあんがどうかしたのか」

と、きいた。

「いや、なんでもねえ。それより、おすみさんと所帯を持つのか」

「所帯？　そんなこと、考えたこともねえ」

　仙太はあわてた。

「いいと思うぜ。似合いだ」

「だって、俺たちは兄妹みたいなものだから」

「おすみさんが引っ越してきたとき、父親はいたのかえ」

「いなかったって、じいちゃんから聞いたことがある。でも、ときたま、男の人が訪ねてきたそうだ」

「男か」

　半治の目が鈍く光ったような気がした。だが、一瞬で、すぐ元の穏やかな目つきに戻っていた。

　半治は無口だと思っていたが、今は結構饒舌《じようぜつ》だった。普段とは印象がだいぶ違った。

「半治さんは、どうしてあの長屋に？」

「たまたまだ。部屋が空いていると聞いて、深く考えもせずに決めた」

「半治さん、おかみさんは？」

「………」

　半治は表情を曇らせた。

「すまねえ、よけいなことをきいてしまった……」

「そうじゃねえ。ちょっと思い出したんだ」

「思い出した？」

「女房のことだ。死んで一年だ」

「お亡くなりに……」

「うむ。だから、女房を忘れるために知らない土地に行こうと思ってな」

「そうだったのか」

「情けねえことに、なかなか忘れられなくてな」

「そうだろうな」

「仙太さん。おすみさんをかみさんにしろ」

「だってこればかりは、俺の一存じゃいかねえ」

仙太は胸が切なくなった。

喧嘩をするなと親身になってたしなめてくれるのは、おすみにとって俺が兄のような存在だからではないか。小さい頃からそういう関係で育ってきたのだ。

「半治さん。すまねえ、先に帰る」

半治が笑みを浮かべ、

「おすみさんのことが気になりだしたようだな」

「いや、そうじゃねえ」

あわてて言うが、仙太は半治から目をそらした。

「俺から誘ったんだ。ここはいい」

「ほんとうにいいのかえ」

「ああ」

「じゃあ、ご馳走になりますぜ。すまねえ」

「さあ、早く帰ってやんな」

半治があんなことを言うものだから、仙太は、胸に甘酸っぱいものが広がるのを感じながら長屋に帰ってきた。

仙太は目を見張った。

おすみの家の前に柄の悪い男がふたりいた。仙太は急いで駆けつけた。

「どいておくれ」

ふたりの男を押し退け、土間に入った。

長身の男が立っていた。

「おすみさん、この連中は誰なんだ？」

おとよの枕元で身をすくめているおすみにきいた。

「なんだ、おめえは？」

長身の男が見下ろすようにきく。額が広く、顎も長い。眉は薄く、目と鼻、口が真ん中に集まって、奇異な顔だちだ。

「おまえたちこそ、なんだ？」

「俺は『十文屋《じゅうもんや》』の使いだ」

「『十文屋』の使いが何の用だ？」

『十文屋』は雷 門《かみなりもん》前の並木町にある金貸しの店だ。

「金の催促だ」

「金の催促だと？」

「『十文屋』の旦那が貸していた金を返してもらいにきたんだ。よそ者は邪魔するな」

長身の男が口元を歪め、蔑むように言う。

「よそ者じゃねえ。なんでもいいから、外に出ろ」

仙太は男の腕を引っ張って土間から引きずり出そうとした。

「小僧。放せ」

無気味な目つきで、男は言う。

「出ていけ」

仙太が怒鳴ると、外にいたふたりが入ってきて、ひとりが背後から仙太の首に腕をまわした。そのまま、外に連れ出された。

仙太は相手の腕に嚙《か》みついた。

「痛え」

男が悲鳴を上げ、手を離した。

「このやろう」

もうひとりが仙太に組み付いてきたのを、腹に膝打ちをし、手の力が緩んだ隙に足払いをして倒した。

「小僧、しゃれた真似《まね》をしてくれたな」

長身の男が出てきた。

「やめて、仙太さん」

おすみが飛び出してきた。

「おすみちゃん、これは喧嘩じゃねえ。こいつらはゆすり・たかりの……」

「ほんとうなの。『十文屋』さんから金を借りたのはほんとうなの」

「金……」

この連中は借金取りだと、仙太は身構えを解いた。

「おい、よそ者じゃねえと言ったな。それなら、おめえに払ってもらおう。三十両だ」

「三十両だって」

仙太は目を剝《む》いた。

「違うわ、そんなに借りていません」

「利子だ。払わねえなら、娘を旦那のところに連れていく」

「そんなこと、聞いていません。旦那さんからは返済は少しずつでいいって言われているんです」

「旦那のほうもいろいろ事情があるんだ。さあ、金を返すか、おめえが旦那のところに奉公に出るか」

「奉公ってなんだ？」

仙太が憤然ときく。

「旦那の身の回りの世話をするんだろうよ。夜の相手もな」

「この野郎」

仙太が飛び掛かった。

「仙太さん、やめて」

おすみがしがみついて止めた。

「おすみちゃん、こいつが何言っているか聞いたか」

「乱暴はだめ」

「おい、小僧」

長身の男が迫った。

「おめえが払うのか。払わねえのか」

「そんな金なんか……」

　仙太は困惑したが、

「払ってやるとも。俺が払う。だから、もうおすみちゃんに迫るな」

「小僧。じゃあ、払ってもらおうか」

「今はねえ」

「今じゃねえと困るんだ。俺だって子どもの使いじゃねえ。一銭ももらえませんでしたと、すごすごと引き上げたんじゃ、俺の信用はがた落ちだ」

「もし」

　そこに男が割って入った。

「なんだ、おめえは？」

「あっしは並びに住んでいる者です」

「半治さん」

　仙太は呟《つぶや》いた。

「きょういきなり来て金を返せなどと言われても、すぐに用意出来るものじゃありませんぜ。もうしばらく待ってやってもいいんじゃないですかえ」

「待てねえな」

「ちょっと証文を見せていただけますかえ」

「証文？」

「確かに、おすみさんが借りたっていう証文ですよ。そこにいつまでに返済するって書いてあるはずです」

「今、持ってねえ」

「じゃあ、あなた方が出まかせを言っているかもしれないじゃないですか」

「なんだと」

長身の男の顔つきが変わった。

「いいだろう。よし、一日だけ待ってやろう。明後日《あさって》の昼までに用意しておけ。おい、引き上げだ」

長身の男は他のふたりに言い、木戸を出ていった。

「半治さん、すまねえ」

「いや。でも、どうするんだ。明後日、あの連中はまたやってくる」

おすみが青ざめた顔で俯いていた。

三

仙太とおすみは、半治の家に上がった。

「ここならおっかさんにも聞こえない。おすみちゃん、詳しい話を聞かせてくれ」

仙太は俯いているおすみに言う。半治は少し離れて座っていた。

「おっかさんの病気には朝鮮人参が良いって、お医者さんから言われたんです。でも、高くて。それで良くなるならと『十文屋』さんからお金を借りて、朝鮮人参をためしたの。そしたら、おっかさんの具合が良くなってきて。それで、何度か『十文屋』さんからお金を借りては朝鮮人参を買って、おっかさんに煎じて呑ませたの。だんだんおっかさんも元気になって」

「知らなかった。だって、おすみちゃんはそんなこと一言も言わなかったじゃないか」

「ごめんなさい。心配かけちゃいけないと思って」

「でも、金を返せないなら、奉公に上がれなんて無茶だ。そんな約束で借りたのか」

「違うわ。いつでも、少しずつ返してくれればいいからと……」

「汚ねえ。それが手だったたんだ」

仙太は舌打ちした。

「期限はきょうだったのか」

半治はきいた。

「違います。それなのに、きょういきなりさっきの男がやってきて、三十両返せと。期限はきょうではありません」

「よし、俺が明日『十文屋』の旦那に掛け合ってくる」

仙太が息巻く。

「いえ、私が確かめます」

「だめだ。俺が行く。だって、さっきの連中に、俺が肩代わりをすると言ったんだ。俺が旦那に会ってもおかしくはねえ」

仙太は半治に顔を向け、

「半治さん、どう思う？」

「そうだ、仙太さんが会って話を聞いたほうがいい。さっきの連中がどこまでほんとうのことを言っているかわからねえからな」

半治が顔をしかめて心配そうに言い、

「だが、十文屋は最初から、おすみさんを狙っていたとしか思えねえな」

「ちくしょう」

仙太は吐き捨てる。

「おすみさん、証文を書いたのかえ」

「半紙に、名前を」

「何が書いてあった？」

「ほとんど白紙でした」

「仙太さん。明日、『十文屋』に行き、証文を見せてもらうんだ。いいね」

「半治さん、ついてきてくれねえか」

「そうしてやりてえが、俺までついていったんじゃ、向こうがよけいに頑《かたく》なになって、かえってややこしくなるかもしれねえ。ここは、仙太さんだけがいい」

「わかった」

「すみません」

おすみがどちらへともなく謝る。

「おすみちゃん、心配しなくていい。俺が必ず守ってやる」

「仙太さん、ありがとう」

おすみは不安そうな顔で言った。


翌日、仙太は並木町にある『十文屋』を訪れた。

土間に入り、番頭らしき男に、

「あっしはこちらでお金を借りているおすみの知り合いで仙太と申します。旦那にお会いしたいんですが」

と、声をかけた。

座敷には借金の申し入れをしている客がふた組いた。

「話なら私が伺います」

「いえ、旦那でないと」

「旦那はお約束がなければお会いすることはしません。どうぞ、お引き取りを」

番頭は突慳貪《つっけんどん》に言う。

「じつは明日までに金を返せと取り立て屋が来ているんです。ほんとうに『十文屋』の旦那が寄越《よこ》した取り立て屋か確かめたいんです」

「それなら、そうですよ。さあ、おわかりいただけたらお引き取りを」

「旦那に会わせてくれるまで帰りません。明日金が返せないなら、妾《めかけ》になれっていうのが、ほんとうのことか確かめたいんです」

客の耳に入るように、仙太は大声を出した。

「これ、声が高い」

「あっしはごろつきのような取り立て屋を送り込んだのが、ほんとうに『十文屋』の旦那か確かめたいんですよ。明日、金が返せないなら妾に……」

客の視線が集まった。

「旦那。ちょっと顔を出しておくんなさい」

「やめないか」

他の奉公人も集まってきて、仙太をつまみ出そうとした。

「何しやんでえ」

仙太は手をふり払う。

「お役人に突き出しますよ」

番頭が眦《まなじり》をつり上げた。

「突き出せるものなら突き出してみやがれ。十八歳の娘が借金の形《かた》に、妾にさせられるかどうかかっていう瀬戸際なんだ」

仙太は客に向かって、

「お客さん、聞いてくれ。『十文屋』の旦那は……」

「待て、待ちなさい」

番頭があわてて近づき、

「どうぞ、こちらで」

と店に上げ、隣の小部屋に案内した。商談で使う部屋だ。

そこで待っていると、十文屋が現れた。小太りの脂ぎった顔の男だ。目鼻も大きく、唇も厚い。四十ぐらいか。

仙太は冷たい目で見た。

「旦那ですね。あっしはおすみの知り合いで、仙太って言います。昨夜、三人の男がやってきて、おすみに借金を……」

「待ちなさい」

十文屋は仙太の言葉を制した。

「何しにきたんだ？」

「証文を見せてもらいたいんですよ。おすみは白紙に名前を書かされただけだと言ってます」

「そのような嘘を」

「嘘？」

「そうです。おすみさんは母親のために朝鮮人参を手に入れたいので金を貸してほしいと頼んできた。だから貸した。そのとき、ちゃんと借用書を書かせた。これです」

十文屋は懐に用意してきた証文を出し、仙太の目の前で広げた。

金三十両、十文屋から借りた、もし、期日までに返済出来なければ、いかような要求も受け入れるという内容で、おすみの名前が書かれている。

おすみがこのような条件を承服するわけはない。

「汚ねえ。白紙に名前を書いただけなのに。あとで文面を勝手に付け加えやがって」

「人聞きの悪い」

十文屋は顔をしかめ、

「何か不服があるなら、出るところに出ても、私は構いませんよ」

「…………」

　証文を勝手に作ったと疑っても、その証《あかし》はない。

「奉行所の手を煩わすことになったら、どうなりますか。へたをすれば、借金を踏み倒したということでお縄に……」

　十文屋は薄気味悪い笑みを浮かべた。

「汚ねえ」

「仙太さん、確かおまえさんが明日、おすみさんに代わって支払ってくれるそうですね。でも、そんな無理はなさらないほうがいい。私はおすみさんを妾にしようって言うんじゃない。ただ、身の回りの世話を……」

　最後まで聞かずに、仙太は立ち上がった。

「金は俺が返す。おすみには指一本触れさせねえ」

「三十両と言えば、おまえさんには大金だ。どうやって工面なさいますか」

「必ず作る」

「明日の昼、私が行きますよ」

　小部屋を出ていく仙太の背中に、十文屋の声が浴びせられた。

　仙太は『十文屋』を飛び出し、三好町にある菊造親方の家に向かった。

暖簾をくぐって土間に入る。

帳場机に向かっていた番頭に、親方を呼んでもらった。

すぐに菊造が出てきた。ちんまりした体つきの男だ。

「どうしたんだ。朝、顔を見せないので具合でも悪くなったのかと思ったぜ」

菊造が眠そうな細い目を向けた。

「親方、頼みがある」

「頼み？　なんだ。金ならだめだ」

「…………」

「どうした？」

「金なんだ。明日の昼までに、どうしても三十両がいるんだ」

「三十両だと」

菊造は細い目をいっぱいに見開き、

「仙太、おめえ何を言っているんだ」

呆《あき》れかえったようにため息をつく。

「親方。貸してくれねえか」

「ばかやろう。そんな大金、あるはずねえ。それに」

と、菊造は間《ま》を置いて続ける。

「借りたところでどうやって返すつもりだ。丸一日野菜を売って幾らの稼ぎだ。売上げから、天秤棒などの借賃などを払って、手元に残るのはほんの僅かだ。三十両を返すなど、とんでもない話だ」

仙太は呻《うめ》いた。返す言葉はなかった。

「なんで必要かわからねえが、返せない金をへたに借りたら自分の首を絞めるぜ」

「それでも、必要なんです」

「借金の形になるような、何か金目のものはあるのか」

「借金の形?」

「そうだ。それがなければ高利貸しでも貸してくれまい。もし、形がなくても貸してくれるところがあったら気をつけることだ。そんなところから借りたら命取りになるぜ。それこそ、押込みをしてでも返せと迫られる」

「…………」

「悪いことは言わねえ。どんな事情があるか知らねえが、諦めることだ」

「諦めることは出来ねえ」

仙太は呆然《ぼうぜん》と言い、力なく踵《きびす》を返し、戸口に向かった。

「待て、仙太」

菊造が呼び止めた。

「おめえは親の形見か何か持ってねえのか」

「俺はじいちゃんに育てられたからな」

仙太は振り返って言う。

「じいさんから預かったものはないのか」

「じいちゃんも貧乏だったからな」

何もないと、仙太は首を横に振った。

「そうか」

仙太が戸口に向かいかける。

「仙太、ちょっと待て」

菊造が立ち上がり、奥に向かった。しばらくして戻ってきた菊造は手に煙管《キセル》を持っていた。

「仙太、こっちへ来い」

「へい」

仙太はひき返した。

「これ、持っていけ」

菊造が寄越した。

「何ですね、これ」

くすんだ色合いの銀製の煙管だ。ずいぶん古いものだ。

「俺のおやじの形見だ」

「形見？」

「それをやる」

「でも」

形見なら大事なものではないかと、仙太は言った。

「良いものだ。だが、いくら良いものでも、一両でも売れまい。でも、何もないよりましだ」

菊造は身を乗り出し、

「田原町に『万屋』という質屋がある。あそこはひそかに、人情質屋と言われているんだ」

「人情質屋……」

「客の立場になって考えてくれるそうだ。だから、とうてい質草にならないようながくたでも引き取ってくれるそうだ。これを持っていって、少しでも高く質入れしてもらうんだ。少しでも足しになれば……」

「親方、すまねえ」

仙太は深く頭を下げた。

「どうなるかわからねえが、行ってみな。『万屋』だ」

「行ってみる」

そう言い、仙太は勇んで親方の家を飛び出していった。

四

浅草山之宿町《やまのしゆくまち》の大川べりにある料理屋『川藤《かわふじ》』の二階の小部屋で、藤十郎はおつゆと会った。

「お久しぶりでございます」

おつゆは頭を下げた。

「近くにいても、なかなか会えないからな」

父と兄だけでなく、おつゆの父親が藤十郎と会わせないのだ。身分が違う。それが表向きの理由だが、父と兄の意向に逆らえないのだ。

これまで、おつゆは女太夫《おんなたゆう》の姿で三味線を手に門付《かどづ》けをしながら、藤十郎の手伝いをしていた。

その中で、藤十郎とおつゆがわりない仲になっていたことに、父藤右衛門と兄藤一郎はあわてたようだ。藤十郎の縁組は『大和屋』にとって今後を左右する一大事なのだ。

藤十郎の嫁を選ぶのは『大和屋』の当主である父と兄であった。

「きょうに限って、父は藤十郎さまとお会いすることを許しました。なぜでしょうか」

眉根に不安を浮かべて、おつゆがきいた。

「私も兄に、そなたに会うように勧められた」

「藤十郎さまのお顔の優れぬご様子で、私たちにとって決して喜ぶべきことではないことはわかります」

「うむ」

藤十郎は苦しそうに頷《うなず》き、

「そなたを説き伏せるように言いつかってきた」

「説き伏せる?」

おつゆが表情を曇らせる。

「では、私の縁組の話はほんとうなのでしょうか」

「聞いていないのか」

「それとなく耳に入っておりましたが、正式には聞いておりませぬ」

「そうか」

「いやでございます」

おつゆはきっぱりと言う。

「しかし、そなたの父の命令を拒めるか」

「拒めば、父は私を許さないかもしれませぬ。『大和屋』へ忠義ひとすじの父は、私が『大和屋』に逆らうことを決して許しはしません」

「まさか……」

「私を殺すかもしれません。私が藤十郎さまの気持ちを縛っていると思えば、父はそうするはずです」

「ばかな。自分の娘を手にかけてまで忠義など、ほんとうに家のことを思っていることにはならない」

藤十郎は胸いっぱいに憤りが広がるのを感じた。

「父はそんな人間です。『大和屋』に自分が生きてきたすべてがあると信じているのです。そのためには肉親の情も切り捨てる覚悟が出来ているのです」

「同じだ」

藤十郎はぽつりと言った。

「私の父藤右衛門も兄藤一郎も、『大和屋』がすべてなのだ。家康公は武家が困窮していく事態を予想し、『大和屋』を作った。その思いが代々の『大和屋』の当主に受け継がれてきている。いわば、父も兄も家康公の呪縛にからめ捕られているのだ」

藤十郎は父と兄を批判した。

「いけません。藤十郎さまがそのようなことをおっしゃっては」

「いや、私は前々から考えていた。果たして、『大和屋』は……。いや、よそう。今そのようなことを言っても何もならない」

藤十郎は首を静かに振った。

「藤十郎さま、私の縁組はどの程度まで進んでいるのでしょうか」

「私が聞いているのは譜代大名の次男だということだ。私に名を出せないのは、まだ正式に決まるまでにはいっていないからだろう。だが、私にそなたを説き伏せるように命じたのは、一番有効な手段だからだ。ほぼ決まったも同然の状態かもしれぬ」

「…………」

おつゆは俯いた。

「父も兄も冷酷だ」

藤十郎はやりきれないように続けた。

「私におつゆの説得を任せたということは、ふたりの仲を絶対に認めないということだ。仮に、この先、私とそなたが親しくつきあっていけば、そなたを処罰するかもしれない」

「処罰ですって」

「父たちからすれば家臣にあたるそなたに先に手を下すだろう。いずれにしろ、父と兄にとって、今回の件は、私とそなたの仲を決定的に引き裂く口実でもあるようだ」

「そんな……」

おつゆはきっと顔を上げた。

「私は『大和屋』を出ていきます」

「出ていく？」

「はい」

「どこへ行くと言うのだ？」

「わかりません。でも、私は藤十郎さま以外の方に嫁ぐつもりはありません。藤十郎さまと添われないなら、『大和屋』で辛抱する意味もありません」

「おつゆ、早まった真似はしてくれるな」

「………」

おつゆは決然とした笑みを浮かべて藤十郎を見つめ返した。

藤十郎より先に、おつゆは引き上げた。

ひとり残り、藤十郎はおつゆの覚悟を知った。

おつゆは譜代大名の次男だろうが誰であろうが、縁組を告げられたら『大和屋』を出ると言った。

藤十郎は五体を引き裂かれる思いで、『川藤』を出て田原町に向かった。

おつゆが身を寄せる場所があるのか。そこまでするおつゆに、どう応えればいいのか。考えながら、藤十郎は『万屋』に戻ってきた。

俯き気味に店の前を行ったり来たりしている若い男がいた。藤十郎はその顔に見覚えがあった。

二度見かけたことがある。

一度は新堀川沿いを三人の男に囲まれながら雑木林に連れ込まれていた。喧嘩相手が助っ人を頼んで意趣返ししようとしたようだった。

もう一度は、一膳飯屋でごろつきに因縁をつけられた年寄りを助けたところに出くわした。

そのとき、通り掛かった娘が仙太と呼びかけ、「また、喧嘩をしたの?」とたしなめていた。どうやら、仙太は喧嘩早い性分のようだ。

「もし、どうなさいましたか」

藤十郎は、店に入ろうとしながらも踏ん切りのつかない様子の仙太に声をかけた。

「えっ」

仙太はびっくりしたように顔を上げた。

「私はここの主人です。よろしければ、お入りください」

藤十郎は声をかけた。

仙太は二度も見られていたとは想像だにしていないだろう。

「さあ、どうぞ」

「へい」

藤十郎が先に入り、あとから仙太が続いた。

「お帰りなさいまし」

敏八が迎え、背後にいる仙太に気づいて、

「いらっしゃいまし」

と、声をかけた。

「どうぞ」

藤十郎は敏八の前に勧め、座敷に上がった。

「へえ、お願いします」

仙太は敏八の前で、おずおずと懐から手拭いにくるんだものを出した。

「これで、お願いできますか」

手拭いから出てきたのは煙管だ。

敏八はためつすがめつ煙管を検《あらた》め、

「ほう、なかなかくすんだいい色を出していますね」

と、感心して言う。

「ほんとうですかえ」

仙太は顔を綻《ほころ》ばせ、

「いかほど貸していただけますかえ」

と、敏八に迫るようにきいた。

「そうですね。二分でいかがでしょうか」

「二分？」

仙太は素っ頓狂な声を出した。

「ええ、雁首《がんくび》や吸い口はそれこそいぶし銀で、いい味わいなのですが、竹が少しはがれかかっています」

仙太がへなへなと上がり框に腰を落とした。

「いかほどお入りようで」

「それが……」

仙太は言いよどむ。

「お気持ちをおっしゃってください。なんとか出来るものなら考えます。ひょっとして、一両も期待したのですか」

敏八には、出来る限り依頼人の希望に添うようにと伝えてある。

「いえ」

「では、もっと」

「へえ」

「おいくらで？」

敏八が当惑してきく。

「三十両です」

仙太は呟くように言う。

「今、なんと。三両ではなく、三十両とおっしゃいましたか」

「お願いです。明日、昼までに三十両用意出来ないと、おすみが妾にされちまうんだ。お願いです、どうか、三十両を貸してくだせえ。この通りだ」

仙太はいきなり土間に跪《ひざまず》き、額を地につけるように下げた。

藤十郎は聞きとがめ、敏八に目で代わろうと合図し、仙太に呼びかけた。

「お客さん、どうぞ、お顔を上げてください。よろしかったら、詳しい話をお聞かせください」

仙太は顔を上げる。

「あっしは、駒形町の助太郎店に住む仙太です。隣におすみって娘が病気の母親と住んでいます。おすみちゃんは母親のために朝鮮人参を手に入れようと『十文屋』から何度か金を借りたんです。それがどういうわけか、三十両を返さなきゃならない羽目になったんです」

途中から、仙太は悔し涙を流し、

「証文はいんちきだ。おすみちゃんに白紙に名前を書かせ、あとで勝手に文面を書き加えたんだ」

「勝手に書き加えたという証拠はあるのですか」

藤十郎は確かめる。

「おすみちゃんが言うだけです。でも、おすみちゃんが嘘をつくはずありません」

藤十郎はあのときの娘を思い出した。

「お願いです。なんでもします。ですから、三十両、お貸しください。必ず、お返しします」

「返す手立てはありますか」

「いいえ、ありません」

「ないのに、お貸しすることは出来ません。もし、お貸ししたあと、あなたが私どもの返済のために盗みなどをするようになったら、目も当てられません」

「へい、おっしゃる通りです。すみません、無理なお願いをしました」

仙太は肩を落として立ち上がった。

「すみません」

煙管を引き取って、仙太は引き上げようとした。

「お待ちなさい」

藤十郎は声をかけた。

「うちは質屋ですから、それなりの質草、あるいはそれに代わるものがあればお貸し出来ます」

「でも、あっしには何もありません」

「あなたは、おすみという娘さんを助けたいのではありませんか」

「もちろんだ。助けてえ。そのためなら、この命だってくれてやります」

「ほう、命を……」

藤十郎は仙太の目を見つめ、

「ほんとうに命を懸けても助けたいのですね。そのために命を懸けられる。間違いはありませんね」

「ほんとうだ。おすみちゃんを助けるためなら、この命……」

仙太の声が途中で止まった。

藤十郎が謎をかけたことに気づいたようだ。

「あっしの命で、三十両借りられますんで」

仙太は上がり框に手をついて、

「お願いです。この命を形に三十両をお貸しください」

と、哀願した。

「よろしいでしょう」

藤十郎が答えると、仙太はきょとんとした顔をした。

「どうしました？」

「今、なんと」

「三十両をお貸しします」

仙太はのけ反らんばかりに驚いて、

「ほんとうですかえ」

と、声を震わせた。

「ただ、正式には人の命など質草には出来ません。したがって、質草はこの煙管で、一両。裏帳簿で、あなたの命を質草に二十九両」

「へえ」

「ただ、言っておきますが、命を預けたからには、あなたの命はこの『万屋』のもの。こちらの出す条件を守っていただきます。よろしいですね。もし、約束を破った場合には取引中止。即座に何らかの方法でお金を返していただきます。よろしいですね」

「へい」

「じゃあ、入質証文を作ります」

藤十郎はその間に、敏八に三十両を用意させた。

三十両を手渡す際に、藤十郎は仙太に条件を告げた。

「まず、ひとつ。日々の暮らしで何か変わったことがあったら、必ず私どもに知らせること。たとえば、あなたが困ったり迷ったりして、どうして良いかわからないときは必ず相談に来ること。よいですね」

「へい」

「もうひとつ。喧嘩は一切しないこと」

「へ、へい」

「喧嘩をして怪我《けが》をするのはもちろん、怪我をさせてしまってもたいへんなことです。ですから一切、喧嘩はいけません」

「わかりました」

「それから返済期限ですが、一年としましょう」

「一年……」

仙太は息を呑んだが、すぐ腹を決めたように、

「わかりました。一年後に必ずお返しします」

と、ぎらつく目を向けた。

「以上です」

「えっ、それだけですかえ」

仙太は不審そうに言う。

「そうです。この紙に書いておきました。ひとつ何事にも相談。ひとつ喧嘩法度」

藤十郎は半紙を見せて言う。

「もっと何か」

仙太は訝《いぶか》ってきく。

「それだけです。そう、あとひとつ、忘れていました。明日の結果は知らせに来てください。いいですね」

「はい。ありがてえ、この通りです」

仙太は三十両を押しいただき、引き上げていった。

「旦那さま、身元を確かめないで貸してしまっていいのですか」

敏八が不安そうにきいた。

「二度ほど、あの男を見かけたことがある。娘を助けたいという気持ちは本物だ。娘から喧嘩早いことをたしなめられていた」

藤十郎はそのときの様子を話して聞かせた。

「それで、あんな条件を……」

敏八は微笑《ほほえ》んだが、すぐ笑みを引っ込めて、

「でも、あの男に金を返す力はありましょうか」

と、不安そうにきいた。

「あの男ならそのために頑張ろうとするはずだ。もし、そうでなかったら、私の目がなかったということ」

藤十郎は苦笑したが、こういう儲《もう》けを度外視したやり方が出来るのも『大和屋』が背後に控えているからだ。浅草弾左衛門の潤沢な金を流用出来る『大和屋』の存在がなければ、藤十郎とて三十両の金をおいそれとは出せない。

『大和屋』あっての自分だということを改めて思い出し、藤十郎は暗い気持ちになった。

おつゆは『大和屋』を出ていくかもしれない。藤十郎も『大和屋』を出て、おつゆと共に生きてゆきたいという思いはあるが、それは『万屋』を通して貧しい人たちに手を差し伸べるという使命を果たせなくなるということだ。

藤十郎は今、自分が大きな岐路に立たされている気がした。

五

翌日の昼前、仙太は商売から一旦戻り、おすみの家にいた。

「そろそろ、やってくる頃だな」

部屋に上がっていた仙太は落ち着きをなくした。

「仙太さん」

おすみが仙太の顔を正面から見つめ、

「ほんとうに、そのお金、怪しくないのね」

「ほんとうだ。ある御方《おかた》が貸してくださったんだ。だから、おすみちゃんは心配しないでいい」

「でも、そんな大金を貸してくれるなんて。どこの御方？」

「それは……」

「言えないのね」

おすみが寂しそうな顔をした。

「そうじゃないけど」

「言えないお金で、私は自分が助かろうとは思いません。仙太さん、私、『十文屋』の旦那さんのところに奉公に行きます」

「おすみちゃん、なんてことを言うんだ」

仙太はびっくりして、

「この金はまっとうなものだ」

「じゃあ、誰から借りたのか言って。言えないんでしょ」

「そうじゃないけど」

「仙太さんが悪いことをして手に入れたお金だったら、私は使って欲しくありません。私のために仙太さんがお縄になったら……」

「ばか言うな。俺はそんなことはしちゃいねえ」

「じゃあ、誰から借りたのか教えて」

「………」

「もう、いいわ。おっかさん、私は『十文屋』の旦那さんのところに奉公に出ます。おっかさん、いっしょに住めるように旦那さんに頼んでみるわ」

「おすみちゃん、言うよ。田原町にある『万屋』という質屋だ」

「質屋？　嘘」

「嘘じゃない。ほんとうだ」

「品物はどうしたの？　三十両も貸してくれる品物って何を預けたの？」

「じつは菊造親方が親の形見だという煙管をくれたんだ。それを持って『万屋』に行ったら、三十両貸してくれたんだ」

「煙管で三十両？」

この命を預けたとは言えない。そんなものが質草になるはずがなく、まず信じてもらえないだろう。

おすみが何か言いかけたとき、腰高障子がいきなり開いて、先日の長身の男が顔を出した。

仙太が立ち上がって迎えた。

長身の男の背後から『十文屋』の旦那が現れた。

「おすみ、迎えに来た」

十文屋が土間に入ってきて言う。

「『十文屋』の旦那。ここに三十両ある。どうぞ、証文をお渡しください」

「なんだと、三十両が用意出来たと言うのか」

十文屋の目が光った。

「そうです。どうぞ」

仙太は三十両を上がり框の近くに置いた。

「どうやって作ったんだ？」

「怪しい金じゃありませんから、ご心配なさらないでください。これで、もう貸し借りはありませんぜ」

「おすみさん」

仙太の言葉を無視し、十文屋はおすみに声をかけた。

「この先、どうするんだ。まだ、朝鮮人参は必要なんじゃないか。私はおまえを妾にするつもりはない」

「旦那。そんな言葉が信じられると思いますかえ」

仙太が口をはさむ。勝手に文面を書き加えた証文をもとに金を返せと迫る、脂ぎった顔の十文屋のどこを信じろと言うのか。

「いいか。私の所に来ても、おまえとおっかさんをいっしょに住まわす。おとよさん、どうだ、おすみさんといっしょに私のところに来い」

「旦那さん。私はここを離れません」

おとよはきっぱりと言う。

「なぜだ？」

「ここが気に入っているんです」

「他に理由《わけ》があるのではないか」

「いえ」

おとよの返事まで一拍の間があった。

「…………」

十文屋は顔をしかめ、首を傾《かし》げた。

「旦那。さあ、証文を」

仙太は急《せ》かした。

十文屋はぐずぐずしている。

「旦那」

仙太はしつこく催促する。

十文屋は憤然とした様子で懐から証文を取り出した。仙太はそれをひったくった。

「旦那。じゃあ、こいつは破りますぜ」

そう断り、仙太は証文を半分に裂き、さらにまた半分に裂いて丸めた。

十文屋は金を摑んだ。

「旦那。もう、おすみちゃんに手を出さないでくれ」

仙太は訴えるように言う。

「おめえのおかげで当てがはずれたよ」

十文屋は恨みのこもった目を向けたが、

「まあ、いい。邪魔をした」

と、土間を出ていった。

長身の男は最後にひと睨《にら》みをして引き上げていった。

「仙太さん、ありがとう」

おすみが涙ぐんで言う。

「ほんとうに、仙太さんにはいつもいつも……」

おとよも頭を下げたが、

「でも、これからどうやってお金を？」

と、心配そうにきいた。

「働いて返す。なあに、死んだ気になって働けば、必ず返せる」

仙太は強がってみせた。

「おっかさん、私も働いて少しずつでも返していくわ。おっかさんは心配しないで」

おすみが安心させるように言う。

「すまないね。私が病気になったばかりにこんな苦労をさせて」

「なあに、たいしたことねえ。さあ、これからまた商売に行ってくる」

「お昼、食べていって。今、支度します」

おすみが台所に立った。仙太がおとよに、

「さっき、この家が気に入っていると言いましたね」

「ええ。それが？」

「いえ、なんでもありません」

十文屋が他に理由でもあるのかときいたとき、おとよの返事まで間があった。十文屋も不思議そうな顔をしたが、仙太も何となく気になった。

この家が気に入っているというのは頷けない。割長屋で、戸口の反対側にも戸があるが、庭とも言えない狭い空間があるだけで、さらに二階建て長屋に挟まれているので、あまり陽当たりもよくない。

この家が気に入っているというおとよの言葉が釈然としなかった。もっとも、十文屋への牽制《けんせい》の言葉かもしれなかったが……。

昼餉《ひるげ》をとり、仙太は長屋を飛び出していった。


菊造親方の家に行く前に、仙太は『万屋』を訪れた。

暖簾をくぐって土間に入る。

敏八が顔を上げた。

「おや、おまえさんは……」

「へえ、きのうはありがとうございました。ご主人は？」

「今、外出しています」

「そうですか。では、お伝え願えますかえ。無事、返済を済ませましたと」

「そうですか。それはようございました」

「じゃあ。よろしくお伝えください」

「仙太さん」

敏八が呼び止めた。

「喧嘩はいけませんよ、わかりましたね」

「へえ」

そう答えて外に出たが、自分が喧嘩ばかりしていることを知っているような口ぶりに、仙太は驚きながら三好町に向かった。

菊造親方にも無事に済んだことを告げた。

早朝、仙太は天秤棒を借りに来たとき、菊造にしつこくきかれ、『万屋』での一件を話したのだ。もちろん、命を質草に金を借りたとは言えなかった。そんなものが質草になるはずがなく、もし奉行所に知れたら、『万屋』がお咎《とが》めを受けるかもしれない。

菊造はしきりに首をひねり、

「あの煙管が三十両とはな」

と、半ば呆れ返っていた。

「じゃあ、親方」

朝天秤棒を借り、青物市場で野菜を仕入れ、振り売りをして昼近くになって荷物を親方の家に預かってもらい、長屋に帰ったのだ。

その荷物を引き取り、仙太は再び天秤棒を担いで歩き回った。

おすみを助けることが出来たので心は弾んでいた。空も青く澄んでいて、

「ダイコンやカブ、イモもあるよ」

という声も明るく遠くまで届くようだった。

そのせいか、上野山下から浅草方面に入った頃にはあらかた売れつくした。ようやく夕方になるところだが、天秤棒は軽い。

きょうはなんて日がいいんだ。浮き立つ思いで下谷広徳寺の前までやってきたとき、前方に空駕籠が三丁集まっていて、駕籠かきがたむろしていた。

その脇を過ぎようとしたとき、ひとりの男があっと叫んだ。その声に、仙太は顔を向けた。

いつぞや、ぶつかりそうになって諍《いさか》いになり、殴り合いにまで発展した相手だった。

「こいつだ」

その男が他の駕籠かきに言う。

仙太は相手にせず、そのまま立ち去ろうとした。

「待ちやがれ」

たちまち、駕籠かきに囲まれた。

「なんですかえ」

仙太は立ち止まった。

「おい、この前の礼をさせてもらうぜ」

「………」

仙太は頭に血が上ったが、喧嘩厳禁の約束が脳裏を掠めた。

「すまねえ。先を急ぐんだ」

だが、行く手を塞がれ、先に進めない。

「おう、向こうまで顔を貸せ」

人気のないほうに誘おうとする。

「勘弁してくれ」

仙太は訴える。

「勘弁だと？　笑わせやがって。どうしたんだ、この前の勢いは？」

「すまねえ」

「すまねえだと」

仲間の大柄な駕籠かきが丸太のような腕を伸ばして、仙太の襟元を掴んだ。

「おい、仲間が世話になったそうじゃねえか。たっぷり礼をさせてもらうぜ」

「待ってくれ。この前のことは謝る」

「謝るだと？　やい、それで謝っているつもりか。謝るなら土下座するもんだ」

「わかった」

男が襟元から手を離したあと、仙太は天秤棒を肩から下ろし、その場にしゃがみ込む。

「この通りだ。勘弁してくれ」

仙太は土下座をした。

目の前にすね毛が汚らしい脚が何本も見える。頭の上で、駕籠かきたちが何か言い合っている。

「なんでえ。こんな腑《ふ》抜《ぬ》けだったのか」

「いや、この前は威勢がよかったんだ。おい、謝り方が足りねえ」

いきなり足蹴が飛んできて顔に当たり、仙太は仰向けに倒れた。

「早く、起きあがれ」

駕籠かきが怒鳴る。

体を起こすと、後頭部を蹴られ、仙太はつんのめり、地べたに顔からぶつかった。さらに脇腹を蹴られた。

うっと呻いて、体をすくめた。さらに、足蹴が何度も襲ってきた。

きゃあという女の声に、攻撃が止《や》んだ。行き交う人々は関わりを避けるように遠ざかっている。

しばらくして、やっと起きあがった。もう駕籠はなかった。

天秤棒を担ぎ、よろけながら仙太は稲荷町から菊屋橋を渡り、田原町に差しかかった。

目が霞《かす》んでいる。

ふと目の前に、「志ちや」と書かれた将棋の駒形をした看板を見たとき、仙太は思わず叫んでいた。

「あっしは耐えましたぜ」

そのあとの記憶はなかった。

第二章　待ち人

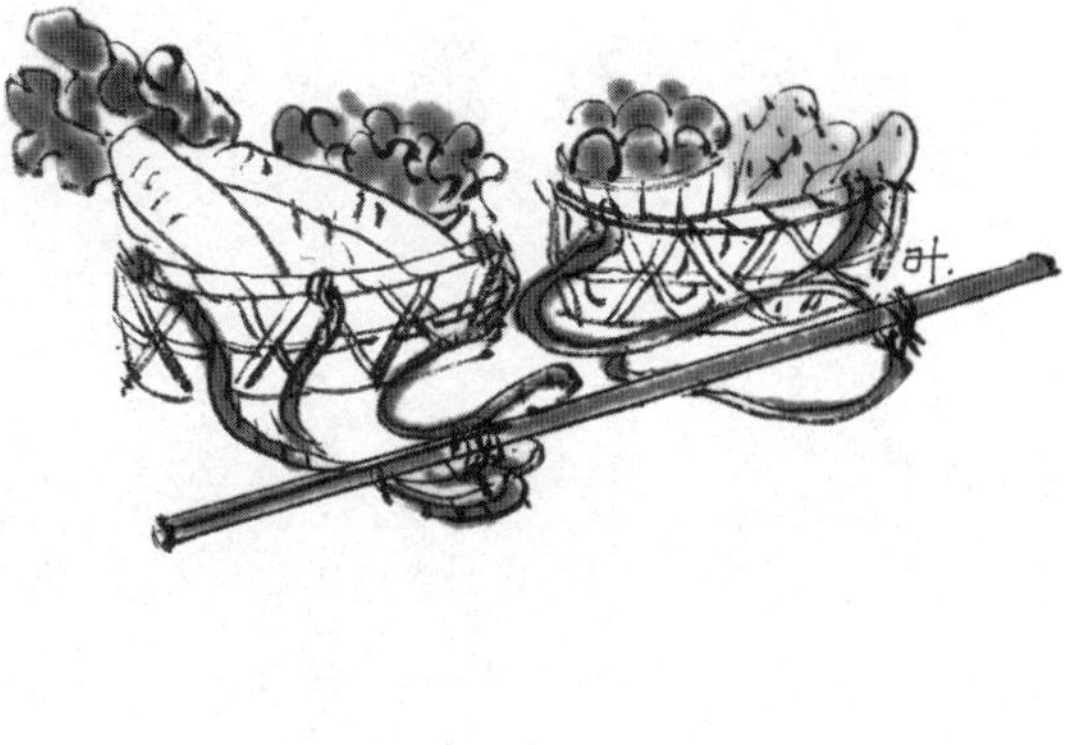

一

ふつか後の早朝、仙太はようやく体を起こすことが出来たが、まだ脇腹と脚に痛みが残っていた。

これではきょうも商売に出られねえと、仙太はため息をついた。

入口の腰高障子が開いた。

「仙太さん。だいじょうぶ」

おすみが土間に駆け込んできた。

「うん、なんとか」

蒲団の上に座ったまま、仙太は応じる。

おすみが上がってきて、仙太のそばに座る。

「骨は折れていなかったからよかったわ」

おすみがほっとしたように言う。

「でも、驚いたわ。仙太さんが戸板で運ばれて帰ってきたんですもの」

「ほとんど覚えていないんだ。『万屋』の看板を見たまでは覚えているけど、気がついたら、ここで寝ていた」

『万屋』の前で倒れていたのを主人の藤十郎が見つけて、家に入れ医者を呼んでくれた。仙太はうわ言のように、おすみちゃんのところに帰ると訴えていた。それで、藤十郎が計らい、戸板に乗せて長屋まで連れ帰ってくれたとおすみが話してくれた。

「藤十郎さまがおっしゃっていました。私との約束を守って、相手から蹴られても手出しはしなかったんですってね」

「万屋さんが、そんなことを……」

実際には藤十郎との三十両をかけた約束だったが、おすみとの約束にしてくれたようだ。あのとき、よく『万屋』の前まで歩けたものだと思った。

「私、それを聞いて嬉《うれ》しかったわ。でも、そのおかげでこんなにひどい目に遭って」

「これは自業自得だ。今までの報いだ」

仙太は自嘲したが、

「でも、これですっかり厄払いが出来た。そう思えば、すっきりする」

もうあの連中も町中で顔を合わせても、向かってこないだろう。勢いで喧嘩ばかりしていた自分が恥ずかしいと思うようになった。

「じゃあ、朝ご飯の支度をするわ」

おすみが腰を浮かせる。

「俺はちょっと」

仙太はおそるおそる立ち上がった。

「なんとか歩けそうだ。少し歩いてくる」

「だいじょうぶ？」

「ゆっくり歩けばだいじょうぶだ」

土間に下りて草履を履いた。

長屋の路地に納豆売りがやってきていた。

木戸を出て、大川のほうに向かった。筋肉に痛みがあるが、それほどひどいものではない。大川の辺《ほとり》に出る。

風があり、波が高い。川岸に波が勢いよく寄せてくる。

吾妻橋《あずまばし》を往来する人影も多い。駒形堂の近くに人だかりがしていた。その中に、岡っ引きの姿が見えた。

何かあったようだ。仙太は足を引きずりながら向かった。

駒形堂の脇に人が倒れている。年寄りのようだ。仰向けの顔を見て、仙太ははっとした。

よく確かめようと、近づく。

「おい、勝手に近づくんじゃねえ」

岡っ引きの吾平《ごへい》が制した。三十半ば過ぎ、色白ののっぺりした顔で、唇が薄い。蝮《まむし》の吾平と呼ばれ、世間から蛇蝎《だかつ》のごとく嫌われていたが、最近、悪い評判は聞かない。

「親分さん、この人、見たことがある」

「おめえは？」

「助太郎店に住む仙太ってもんです」

「よし、確かめてくれ」

「はい」

仙太は倒れている男の顔を覗《のぞ》いた。

「やっぱり、あんときの男だ」

「誰だ？」

「へえ。名前は知らないんですが、十日ほど前、この人がごろつきに絡まれていたのを助けてやったことがあるんです」

「どこでだ？」

「『まる屋』という一膳飯屋です」

「そこの客だったのか」

「へえ、そうです」

「そのごろつきはどんな男だ？」

「へえ。ふたりとも大柄でした。ひとりは眉が濃くて目が大きく、もうひとりは眉の横に切り傷がありました」

仙太は思い出した。

「そのふたりとこのホトケは知り合いだったのか、それとも知らない仲だったのか」

「いえ、そこまではわかりません」

「そのふたりはおめえのことを知っているのか」

「知りません。あっ」

仙太は思わず声を上げた。

「どうした？」

「ふたりをやっつけたあと、俺は駒形町の助太郎店に住む仙太だ。文句があるなら、いつでも相手してやるぜ。助っ人を連れてくるなら連れてきやがれと……」

「啖呵《たんか》を切ったのか」

「へえ、つい調子に乗って」

仙太は小さくなった。

「まあ、いい。あとで、『まる屋』で確かめよう」

仙太は改めて男を見た。胸が赤黒く染まっている。心ノ臓を刃物で刺されたのだろう。

まさか、あのごろつきが……。

（とっつあん、どうしたっていうんだ、何があったんだ）

仙太は心の中で問いかけた。

やがて、北町奉行所の同心近田征四郎《ちかだせいしろう》がやってきた。ひょろっと背の高い馬面の男だ。顎が長いが目鼻だちは整っている。

「旦那。心ノ臓を一突きです」

吾平が近田征四郎に説明しながらホトケのそばに行った。

仙太はその場を離れた。少しでも自分と関わりがあった男が殺されたとあっては、やはり平静ではいられなかった。

それにしても、とっつあんはこの近くに住んでいたのだろうか。

長屋に戻ろうとしたが、自分を助けてくれた藤十郎に礼を言わねばと気づいて、仙太は田原町に足を向けた。

『万屋』はちょうど暖簾を出すところだった。

「おや、仙太さん。歩いていいんですかえ」

暖簾をかけ終えた敏八が仙太に驚いたようにきいた。

「へえ。このとおり、ゆっくりなら歩けます」

「そうですか、それはよございました。いま、主人に知らせてきます。さあ、中に入ってお待ちください」

「じゃあ、失礼します」

仙太は店の土間に入った。

やがて、藤十郎が出てきた。凜々しい顔だちで、風格があった。

「このたびはまたも助けていただいてありがとうございました」

「いえ。それより、よく耐えられた」

「へえ。藤十郎さまのお言葉は胸に刻まれております」

「安心しました。でも、身に危険が及ぶまで我慢するのも考えものです。身を守るための反撃も、ある場合には必要になりましょう。しかし、その場合でも要は逃げることです。それより前に、危険に近づかないことです」

「はい、肝に銘じておきます」

仙太は素直に応じた。

「でも、思ったより早い回復で、安心しました」

藤十郎は微笑んだが、

「どうかしましたか、何か気がかりなことでも？」

「いえ、別に」

「そうですか。それならいいのですが、何か屈託がありそうなご様子でしたので……」

　やはり、あのときの年寄りが殺されたことの気がかりが伝わっているのだと思った。

「じつは、十日ほど前、あっしは『まる屋』という一膳飯屋で、ごろつきに絡まれていたとっつあんを助けてやったことがあるんです」

「………」

「そのとっつあんが駒形堂の脇で殺されていたんです」

「殺された？」

「ええ、心ノ臓を一突きにされて。殺されたのは昨夜のようです。ちょっとでも関わったひとがこんな目に遭うなんて……」

「そうでしたか」

　藤十郎も複雑そうな顔をした。

　仙太は礼を言い、『万屋』を出て、長屋に戻ってきた。

「遅かったから心配したわ」

　おすみが飛び出してきて言う。

「すまねえ。『万屋』まで礼に行ってきたんだ」

「そうだったの」

　おすみは胸をなでおろして、

「さあ、ご飯の支度してあるわ」

と、急かす。

「おすみちゃん、これから『大津屋』か。早いじゃないか」

おすみが風呂敷包を持っていたので、仙太はきいた。

『大津屋』は田原町にある古着屋の大店《おおだな》で、おすみはそこで縫い子として働いている。

「ええ、ひとりやめた娘《こ》がいるの。新しい人が入ってくるまで、そのぶんも仕事をしなきゃならなくなって」

「そうか。たいへんだな」

「じゃあ、行ってきますから」

「ああ、気をつけてな」

おすみを見送ってから、自分の家に戻った。

朝餉が用意してあった。

おつけは冷めてしまったが、美味《うま》かった。なんだか胸がいっぱいになってきた。おすみは俺をどう見ているのだろうか。

兄のような存在としてか、それとも男として見てくれているのだろうか。そんなことを考え、おすみの顔を思い出したら、食べ物の味がわからなくなった。

後片付けを終えたとき、腰高障子が開いて、岡っ引きの吾平が顔を覗かせた。

「吾平親分」

仙太は目を見張った。

吾平は土間に入ってきて、

「ちょっと聞き忘れたことがあってな」

「へい、なんでしょうか」

「あの男が一膳飯屋でごろつきに絡まれたのは、十日ほど前のことだったそうだな」

「へい、そうです」

「ごろつきはふたりだな」

「そうです」

「ごろつきを追い払ったあと、男はおめえに礼を言ったんだろう」

「ええ。すまねえ、助かったと」

「それだけか」

「ええ、それだけです」

仙太は答えてから、

「親分、何か」

「うむ」

吾平は難しい顔をして、

「おめえは、あの男を別の日に見かけたことはないか」

「いえ、ありません」

「もう一度きくが、おめえが『まる屋』の前を通り掛かったら、ごろつきが因縁をつけていたんだな」

「そうです。怒鳴り声が聞こえたんで店に目をやったら、ごろつきが年寄りをいたぶっているようだったので、すぐ飛んでいって……」

「そうか」

吾平は今度は首をひねる。

「親分、いってえ、何があったんですかえ」

仙太はもう一度きいた。

「じつはな。昨夜、この長屋の近くの惣菜《そうざい》屋の内儀《おかみ》が、あの男を見かけていたんだ。男はどこにいたと思う？」

「どこって、近くの惣菜屋の内儀さんが見たっていうなら……。えっ、まさか、この長屋ですかえ」

「そうだ。木戸口から路地の様子を窺《うかが》っていたらしい」

「……………」

「気がつかなかったか」

「じつはあっしはきのう一日、寝込んでいたんで、外に出ていないんです」

「そう言えば、おめえ、顔を腫らして、脚も引きずっていたな。どうしたんだ？」

「へえ。ちょっと転んで」

「転んだだけで、そんなにはならねえ」

「へえ……」

「まあ、いい。そうすると、おめえに会いに来たが、寝込んでいたのでそのまま引き上げたってことも考えられるな」

「ちょっと待ってくれ。あっしは、あの人を知らない」

「おめえ、ごろつきに啖呵を切ったと言っていたな。あの男もそれを聞いていたんだろう。それで、おめえに会いに行ったとも考えられなくはねえ」

「でも、なんのために」

「おめえに何か頼みがあったとも考えられる」

「なぜ、あっしに？」

「ごろつきをやっつけた腕力に期待したとも考えられる」

「さあ。どうもぴんときません」

「ごろつきに付け狙われていて、おめえに助けを求めにきたのかもしれねえ。もし、おめえが元気だったら、あの男はおめえを訪ねたかもしれねえな」

「……………」

「まだ、あの男の身元もわかっちゃいねえんだ。探索はこれからだ。また、聞きにくるかもしれねえ。邪魔したな」

吾平は引き上げていった。

あの年寄りが俺をわざわざ訪ねてくるとは思えない。この長屋の様子を窺っていたというのはどういうことだろうか。

「ごめんよ」

また、障子が開いた。

「あっ。半治さん」

「いいかえ」

「どうぞ」

半治が土間に入ってきた。

「今、聞こえた話が気になって。仙太さんが助けたとっつあんが殺されたっていうのはほんとうか」

半治は上がり框に腰を下ろす。

「ほんとうだ。今朝、駒形堂の脇で死体を見た」

仙太は顔をしかめて言う。

「そうか。確か、痩せて、顔色は良くなかったと言っていたな」

「うむ。吾平親分の話では、ゆうべそのとっつあんがこの長屋の様子を窺っていたそうだ。それで、俺に会いに来たのではないかっていうけど、そんなことは考えられねえ」

「そうよな」

半治は首を傾げ、呟く。

「それにしてもいったい、なんでこの長屋を見ていたんだろうな」

「やはり、俺に会いに来たんだろうか」

そんなはずがないと思う一方で、仙太は感じていた。根拠はやはり、あの噂だ。

助太郎店に住む仙太だという噂を、あの年寄りも聞いていたはずだ。すると、年寄りを殺《や》ったのはあのごろつきだろうか。

「ところで、怪我の具合はどうだ？」

「だいぶ痛みは引いたけど、まだ天秤棒を担いでは歩き回れねえ」

怪我をした脚をさすりながら仙太は悔しそうに言う。

「とんだ災難だったな。じゃあ、大事にな」

半治は引き上げた。

障子が閉まったあと、半治は何しにきたのだろうかと思った。話は殺された男のことだけだった。

なぜ、半治はあの男のことを気にするのだろうか。先日も、男の特徴をきき、次に会ったときに顔はわかるかときいてきた。

まさか、あの男は半治に会いに……。だが、すぐそんなはずはないと否定した。

そのとき、壁を叩く音が聞こえた。

おすみの家からだ。おとよが呼んでいる。仙太は壁を拳でこんこんと叩いて返事をしてから立ち上がった。

おすみの家の腰高障子を開けて土間に入る。

「お呼びですかえ」

「ええ」

おとよは蒲団の上に起きあがって、

「ごめんなさいね、話し声が聞こえて」

「すみません、うるさかったですね」

仙太はあわてて謝る。

「そうじゃないの」

おとよが仙太を睨み付けるように見て、

「長屋を覗いていた人が殺されたと聞こえたけど？」

と、声をひそめた。

「ええ。朝方、駒形堂の脇で死体が見つかりました」

おとよの真意を計り兼ねるまま、半治に話したのと同じことを言う。

「どんな人でした？」

「中背で、痩せていました。顔色も悪かったので、もしかしたら何かの病を抱えているのではないかとも思えました」

「顔に何か特徴は？　たとえば、どこかに黒子《ほくろ》があったとか」

おとよの声は震えを帯びていた。

「いえ、気がつきませんでした。なかったのかもしれません」

「そう」

おとよはほっとしたように息を吐いた。

「何か心当たりが？」

「いえ、違うの。そうじゃないの。ごめんなさい。忘れて。仙太さんには感謝してもしきれないわ。これからも、おすみのこと、よろしく頼むわね」

「こちらこそ」

仙太は釣られたように答えたが、おとよは何かを隠していると、不審を抱いた。

二

藤十郎が一膳飯屋の『まる屋』に行くと、ちょうど吾平が手下といっしょに出て来たところだった。

「藤十郎さま」

吾平は驚いて近寄ってきた。

「駒形堂の脇で見つかったホトケのことで伝えておいたほうがいいと思いましてね」

藤十郎は切り出し、

「親分のほうでは何か進展はありましたか」

「いえ、まだ。ただ、殺された男は昨夜、助太郎店の木戸から路地を窺っていたそうなんです。それで、長屋の誰かを訪ねるところだったのかもしれないと思いました」

「ひょっとして、仙太ですか」

「仙太をご存じなんですか」

「ええ。場所を変えましょう」

「では、あちらに」

ふたりは大川のほうに向かった。

駒形堂の近くの大川端に立ち、

「仙太がごろつきに絡まれた年寄りを助けたあと、私はその人に声をかけたんです」

「ほんとうですかえ」

吾平は目を輝かせた。

「名をきいたら重吉と答えてました」

「重吉……」

「住まいは本所で、こっちにやってきたのは人探しだと」

「そこまでわかればありがたい」

吾平は思わず声を張り上げた。

「ただ、私に嘘をついたかもしれませんが」

「そうですね」

吾平は厳しい顔で頷く。

「重吉は痩せて、頰もこけて、顔色も悪く、病気を抱えているようでした。それで老けて見えるが、見た目より若いかもしれないと思いました」

「死に顔でしか見ていませんが、体つきからすると確かに見かけより若いかもしれません」

「それから、あの男の目の配りや足の動きには、普通の年寄りとは思えない敏捷《びんしょう》さを感じました。おそらく、仙太が助けなくても、あのごろつきにはやられなかったでしょう」

藤十郎は感じたままを告げた。

「すると、堅気ではないと?」

「そんな気がします」

「わかりました。ともかく、本所を当たってみます」

張り切る吾平を見送り、藤十郎は『万屋』に戻った。

「たった今、『大和屋』からの使いで、すぐ来て欲しいとのことです」

敏八が伝えた。

急の呼び出しに、ふと胸騒ぎを覚えた。

「このまま、出かける」

藤十郎は敏八に言い、『万屋』を出た。

四半刻(三十分)後に、藤十郎は入谷田圃の外れに広大な敷地を持つ『大和屋』の奥座敷にいた。

藤十郎は父藤右衛門と兄藤一郎を前に、緊張して畏《かしこ》まった。

藤右衛門は六十を過ぎているが、矍鑠《かくしやく》としていて、皺《しわ》だらけの顔に鋭い眼光、長く白い顎鬚《あごひげ》が怪異な容貌である。人を威圧するに十分な迫力がある。

その父に、年々似てきた藤一郎が切り出した。

「藤十郎。おつゆを説き伏せるように命じたはずだが」

その声は静かだが、怒りを抑えている。

「はい。おつゆに申しつけました」

やはり、おつゆの件だと、藤十郎は気を引き締めた。

「聞き入れられたのか」

「と、思います」

「思うだと？」

「はい。でも、なぜそのようなことを？」

「こちらの問いに答えよ」

藤一郎は抑えつけるように言う。

「はっ」

「おつゆはそなたの説得に応じたのか」

「私はそう思っていますが、おつゆのほんとうの気持ちまではわかりません」

「わからぬだと」

「はい。私の言葉を聞いて納得してくれたと思いましたが、おつゆの心の中まではわかりません」

藤十郎が言い返すと、藤右衛門の表情が鋭く動いた。

「そなた」

藤右衛門は低く呻くような声を出した。

「本気で説き伏せなかったな」

「いえ、試みました。相手は譜代大名のご次男。玉の輿《たまこし》で、願ってもない良縁だと申しました。得心してくれたものとばかり思っていました」

藤十郎は弁明をする。

「おつゆは」

藤一郎が口を挟んだ。

「そなたのそばを離れたくないと言ったのではないか。そなた以外のどこにも嫁に行かぬと言ったのではないか」

「いえ」

藤十郎はあくまでもとぼけるしかない。

「おつゆは、わかりましたと言っていました。おつゆがどうかしたのですか。ひょっとして縁組を拒んでいると？」

「おつゆは屋敷を出ていった」

藤一郎が苦い顔を向けた。

「出ていった？」

「藤十郎。そなたがどこかに隠したのではないか」

「とんでもない。私は決して。しかし、出ていったというのはどうしてわかったのですか」

「置き文があった」

「……………」

おつゆはほんとうに屋敷を出ていったのか。

「藤十郎。これはそなたの大失態ぞ」

「はっ」

「おつゆは『大和屋』の養女として嫁ぐことが決まっていた。その話し合いがついた矢先のことだ」

藤一郎はさらにまくしたてるように、

「よいか。あと十日の猶予がある。それまでにおつゆを説き伏せ、連れ戻すのだ」

「兄上。私がおつゆを隠したのではありません」

「そのようなことは今さらどうでもいい。十日以内に、おつゆを説き伏せよ。そなたへの命令だ」

理不尽なと思ったが、歯向かうわけにはいかなかった。

「藤十郎」

藤右衛門が眼光鋭く睨み据え、

「これは『大和屋』の信用に関わること。たとえ、おつゆの説得に失敗しても、力ずくでも連れ戻せ。もし、最後まで言うことを聞かねば、おつゆを斬れ」

「えっ」

激しい衝撃が藤十郎の胸を直撃した。

「よいか。そなたの手にかけることが、我らの情けと心得よ。以上だ、下がってよい」

「父上」

藤十郎は手をついて訴える。

「おつゆは家臣の娘ではありませぬか。なぜ、そんな娘を？」

「先方が望んだのだ。いつぞや、先方が当屋敷にやってきたとき、おつゆを見初めたのだ」

藤右衛門は藤十郎に鋭い目を向けたまま、

「おつゆは『大和屋』の娘として立派に送り出す。おつゆにとっても、この上なき良縁のはず」

「相手の御方の名は？」

「言う必要はない」

藤右衛門はぴしゃりと言い、

「下がれ、藤十郎」

と、冷たく言った。

「はっ」

藤十郎は低頭し、部屋を出た。

廊下に、番頭であるおつゆの父が立っていた。

「藤十郎さま」

「そなたもおつゆを追い込んだのか」

「『大和屋』のためです。どうぞ、おつゆを連れ戻してください」

それでも父親か、と怒鳴りたい気持ちを抑え、藤十郎は玄関に向かった。

『大和屋』を出て、浅草山之宿町の料理屋『川藤』に行った。

二階の小部屋に上がると、すぐ亭主の吉蔵《きちぞう》がやってきた。

「お呼びでございますか」

「うむ、入ってくれ」

「はい」

藤十郎より幾つか若い吉蔵は小柄で身の軽い男だ。何かのときには、手を借りる間柄だ。

向かい合うなり、

「じつは、おつゆが『大和屋』を出た」

「えっ？」

吉蔵は目を丸くした。

「そうか、そなたにも告げていなかったか」

「はい」

吉蔵は心配そうに眉を寄せ、

「おつゆさんはどこに？」

「我らが気づくようなところにいるとは思えないが、心当たりがあるところをすべて当たってもらえぬか」

「わかりました」

「頼んだ」

藤十郎は立ち上がった。

もし、探し出して欲しいなら、吉蔵には行き先を告げているだろう。おつゆは相当な覚悟で姿を隠したものと思えた。

藤十郎は『万屋』に戻ってきた。

如月源太郎が裏口から出てきたところだった。用心棒代わりに離れに住まわせている浪人だ。

「藤十郎どの、悩みがありそうな様子だな」

源太郎がきいた。無精髭を生やし、昼間から酒を呑んでいるような男だが、それが源太郎の本性ではないと思っている。

「如月さまはどちらに？」

「退屈なのでな」

源太郎は、

「毎日、無為に過ごして小遣いをもらい、酒を食らっているのはどうも居心地が悪い」

いつものぼやきを口にする。

用心棒と言っても、やることは何もない。

「いざというときのためにお願いしているのですから、何も気になさることはありません」

「そうは言うが、気が引ける。何か役に立てることはないか」

「そうですな」

藤十郎はふと思い出した。

「じつは、駒形町の助太郎店に仙太という男がおります」

「ああ、仙太か」

「ご存じで？」

「うむ、一度仙太が喧嘩をしているところに出くわしてな。駕籠かきとやり合っていた。駕籠かきが卑怯な手を使おうとしたので助けに入ったことがあった」

「そうでしたか。仙太は、その駕籠かきの仲間に仕返しをされました」

「なに、仕返し？」

「じつは、仙太が金を借りにきました。その際、命を質草にしましてね」

と、藤十郎は経緯を語った。

「そうか。それで、抵抗をせずに耐えたのか」

「ええ、そのために大怪我を」

「見上げたものだ」

源太郎は感心した。

「今までさんざん喧嘩をしてきたようなので、また同じような目に遭うかもしれません。ちょっと仙太に注意をしていてくださいませんか」

「わかった。どうせ、暇だ。ちょっと見舞いがてら顔を出してみよう」

源太郎は微笑みを残して駒形町のほうに去っていった。

藤十郎が店に入ると、客が並んでいて、敏八が忙しそうに小僧に指図をしていた。

三

動き回ったせいか、部屋に落ち着くと傷口が痛みだしたが、それもしばらくすると和らいできた。

仙太は、おとよが殺された男のことを知りたがったことに考えを巡らせた。男の顔の特徴をきいていた。どこかに黒子があったかどうかと。

おとよは誰かを思い浮かべていたのだ。おとよは誰かを待っているのではないか、とそんな気がした。

そういえば、この間、『十文屋』の主人に対して、おとよは「ここが気に入っている」と言っていた。「他に理由があるのではないか」ときかれ、「いえ」と否定したが、答えるまで僅かな間があった。

十八年前に祖父と仙太がこの長屋に引っ越してきたときには、おとよとおすみはすでに隣に住んでいた。

それ以来、十八年もここに住み続けている。気に入っているという理由だけだろうか。『十文屋』の主人が言ったように、他に理由があるのではないか。そのことと、殺された男に関心を示したことが結びつくのか……。

誰かがおとよを訪ねてくることになっていたのではないか。

そんな気がしてきた。

誰を待っていたというのか。おとよは四十近い。待っている相手は同い年かそれ以上の年齢だろう。だから、長屋の様子を窺っていたのが年寄りときいて、訪ねてくる男のことが脳裏を掠めたのではないか。

殺された男は特徴が違うようだから待っている相手ではなかったのだろう。おとよが待っている男とは誰か。

おすみの父親ではないか。

いきなり障子が開いて声がした。

「ごめん、ここは仙太……」

「あっ、如月さま」

「おお、やはりここだったか」

源太郎が土間に入ってきた。

仙太は脚の痛みを堪《こら》えて、上がり框まで出て、

「どうなさったのですか。こんなところまで」

「うむ、なんとなくだ」

「さあ、お上がりください」

「いや、ここでいい」

源太郎は刀を外して上がり框に腰を下ろした。

「怪我をしたそうだの？」

「もうだいぶ良いんで。でも、どうして？」

「『万屋』の藤十郎どのから聞いた」

「あっ、そういえば、如月さまは『万屋』の離れに住まわれているんでしたっけ」

「そうだ」

源太郎は仙太の顔の痣《あざ》をじっと見て、

「うむ、だいぶ治ってきている」

と、安心したように頷く。

「茶でもいれましょうか」

「いや、いい。じっとしておれ」

「もう、傷はだいぶ良いんで」

「そんなに早く完治はせぬ」

源太郎は仙太の言葉を遮り、

「じつは、藤十郎どのから頼まれて、おぬしの護衛をすることになった」

と、告げた。

「護衛ですって」

仙太は苦笑して、

「いやですぜ、あっしのようなものにそんなのまったく不要ですぜ」

「いや。おぬしはあちこちで喧嘩をし、相手をこらしめてきたそうではないか。その連中がいつ仕返しにくるかもしれぬ。おぬしは喧嘩厳禁だ」

「………」

「心配ないと思うが、念のためだ。おぬしの邪魔をしないように見守ってやる」

「もし、そんな目に遭ったら、今度は逃げますから」

「そうもいかないこともある」

「へえ」

「どこか出かける予定はあるか」

「明日から商売に出ようかと」

「まだ、無理だ」

「半日ぐらいなら。いつまでも遊んでいるわけにはいきませんから」

「そうか。よし、では俺もあとからついていく」

「いえ、そこまでは……」

「心配するな。気づかれないようにつけていく」

「へえ」

「では、邪魔をした」

源太郎は立ち上がった。

「えっ、もうお帰りですか」

「明日、また会おう」

「へい」

源太郎は土間を出ていった。


夕暮れ方、仙太は長屋から表通りに出た。そろそろ、『大津屋』からおすみが帰ってくる頃だ。

西陽が射している。おすみに訊《たず》ねていいものかどうかわからないが、おとよが待っている男のことが気になるのだ。

もしおすみの父親なら、なぜ十八年も現れなかったのか。

おすみが西陽を背に受けて、やってくる。

仙太に気づくと、小走りに近寄ってきた。

「仙太さん、どうしたの？」

「いや、ちょっとついでだったんで」

仙太は曖昧に言い、

「それより、だいじょうぶだったかえ。『十文屋』の旦那、何か意地悪でも……」

「心配ないわ」

おすみは微笑み、

「それより、仙太さんのほうはどうなの？」

「いや、もうだいじょうぶだ」

「ほんとうに？」

「お医者さんも、すごい回復力だと驚いていたけど、駕籠かきの連中もこっちが手向かいしないから加減したに違いない。だから、それほどの痛手はないんだ」

「そう」

「おすみちゃん」

「なに？」

「へんなこときくけど……」

仙太は言いよどむ。

「なんなの」

「おすみちゃんのおとっつあんって、どんな人かと思って」

「知らないの。腕のいい大工だったとおっかさんから聞いたことはあるけど、私が生まれてすぐ死んだそうだから」

「そう」

　仙太は迷いながら、

「おっかさんのところに、誰か知り合いが訪ねてくることはあるかな」

「いえ、ないわ。どうして？」

「いや」

「なんなの？　おっかさんのことで何か」

「そうじゃないんだ。ほら、この前、『十文屋』の旦那がおっかさんも引き取るようなことを言ったとき、ここが気に入っているって答えたね。その言葉がちょっと気になったんだ」

「気になる？」

　通行人が行き過ぎてから、

「だって、気に入るような長屋だとはとうてい思えない。住めば都っていうけれど、どうもそうじゃない。おっかさんは誰かを待っているんじゃないかと思ったんだ」

「…………」

　おすみは押し黙った。

「ごめん、そんな深い意味できいたんじゃないんだ」

仙太はあわてて言う。

「一年ぐらい前のことよ」

おすみが口を開いた。

「おっかさんに体のためにも空気のいいところに引っ越したらどうかしらって勧めたことがあるの。入谷のほうに手頃な長屋があるって言ったら、私はここから動きたくないのって強い口調で返されたの」

おすみは仙太の顔を見た。

「最近になって、ときたまおっかさんは聞き耳を立てていることがあるの。外で物音がしたりしたとき……」

気がかりだったことが思わずほとばしった口ぶりだった。

「おすみちゃん。じつは、おっかさんからきかれたんだ。きょう駒形堂の脇で死体で見つかった男の特徴を……」

「どういうこと?」

「その男、きのう長屋の様子を窺っていたそうだ。今朝、吾平親分が俺のところにやってきてそんな話をした。おっかさんにそれが聞こえたらしい」

薄い壁を隔てて吾平の大きな声は筒抜けだった。

「おっかさんは俺を呼んでこうきいた。顔に黒子があったかとか、何か特徴はなかったかと」

「まあ」

「おっかさんは、自分を訪ねてきた男かと思ったんじゃないだろうか。それで、俺に確かめた」

「おっかさんにきいてみる」

おすみは厳しい顔をする。

「待って」

仙太が引き止めて、

「なんてきくんだ？　誰かを待っているのかって、きくのか。今まで、そのことを一切口にしなかったんだ。正直に答えるとは思えない。話せるものならとっくに話しているはずだ。それが出来ない事情があるに違いない。とぼけられたら、それまでだ」

「じゃあ、どうしたら？」

「しばらく様子をみるしかない。もし、そうなら、必ず何らかの兆候があるはずだ。おすみちゃんの留守中にやってきたとしても、そのときは、おっかさんの様子でわかるはずだ。そのとき、改めてきけばいい」

「そうね。でも、いったい誰かしら。どんな人かしら」

「俺はおすみちゃんのおとっつあんに関わりがある人だと思う」

「私のおとっつあん……」

「うむ。おとっつあんの知り合いかもしれない」

「でも、なんでおっかさんは隠すのかしら」

「死んだと言っていたけど、ほんとうは生きているのかもしれない。だが、名乗れない人なんだ。だから、死んだって……」

そうかと、仙太は思わず叫んだ。

「なに？」

「この周辺にある大店の主人ということも考えられる。だから、おっかさんはあの長屋を離れられないんだ」

仙太は想像を語った。

「おっかさんは自分たち母娘があの長屋にいることを何らかの形で伝え、一度会いに来てもらいたいと頼んでいたんじゃないだろうか」

「………」

「おっかさんはおとっつあんを待っているんだ。来るかどうかわからない不実なおとっつあんを。だから、おすみちゃんには言えないんだ」

仙太はそう解釈したが、ふと重大なことに気づいた。

駒形堂の脇で殺された年寄りを、おとよはおすみの父親だと思ったのだろうか。だからおとよは特徴を仙太に確かめたのだろうか。

「わからねえ」

仙太は呟いた。

仙太はおすみと連れ立って長屋に帰った。


翌朝、仙太は痛みもかなり引いたので商売に出ることにした。

三好町の菊造親方のところに顔を出した。

「仙太、もうだいじょうぶなのか」

「心配かけてすみません」

「驚いたぜ。『万屋』の奉公人が、おめえが大怪我をしたからって代わりに天秤棒を返しにきたんだからな」

「もう、だいじょうぶだ」

「だが、まだ顔が腫れているじゃねえか」

「このぐらい、なんともねえ」

仙太は強がって言う。

「そうか」

「ふつかも商売に出ていねえんで貯《たくわ》えもねえ。仕入れの金も借りてえ」

「そりゃいいが」

「でも、あまり無理は出来ねえから、五百文でいい」

いつもなら持てるだけ野菜を仕入れるが、体の負担を考えたら五百文分も仕入れれば上等かもしれない。

「じゃあ、五百だ」

菊造は小銭函《こぜにばこ》から金を取りだし、台帳に記載した。

仙太は五百文を持って青物市場で野菜を仕入れ、天秤棒を担いで振り売りに出発した。

だが、力を込めると脇腹に痛みが走った。

それでも神田佐久間町《さくまちよう》から明神下《みようじんした》に出て、妻恋坂《つまごいざか》を上った。そして、本郷まで行き、湯島の切通しを下った。

途中、何度か痛みに襲われたが、やがて気にならなくなった。不忍池《しのばずのいけ》の辺の茅町《かやちよう》から根津まで行き、引き返した。

きょうは売れ行きがよく、これならもっと仕入れておくのだったと思ったが、疲れてきたら怪我したところがまた痛くなってきた。

上野山下から下谷広徳寺の前までやってきた。駕籠が止まっていたのでどきっとしたが、この前の駕籠かきではなかった。

稲荷町を過ぎ、野菜がまだ残っているので阿部川町に入った。夕方に、長屋に入っていくと、そこそこ売れて、何カ所目かの長屋で売り尽くした。

仙太はいい気持ちになって空《から》の荷の天秤棒を担いで新堀川に出た。

すると、蔵前のほうから遊び人ふうの男がふたり歩いてきた。ともに大柄だ。

ふたりは足を止めた。仙太と目が合った。ひとりは眉が濃く、目が大きい。もうひとりは、眉の横に切り傷がある。

あのときのごろつきだと思い出した。仙太に気づいたふたりは踵を返そうとした。

「待ってくれ」

仙太はあわてて呼び止めた。

「なんでえ、俺たちは何もしてねえぜ」

目の大きな男も仙太を覚えていたようだ。

「そうじゃねえ」

仙太は天秤棒を脇に置き、ふたりの顔を交互に見て、

「一膳飯屋の『まる屋』で……」

「それはすんだことじゃねえか」

「そうじゃねえ」

仙太はふたりを落ち着かせ、

「あのときの年寄りが、二日前に殺されたんだ」

「なんだって」

眉の横に切り傷がある男が顔色を変えた。

「駒形堂の脇で死んでいた。匕首で心ノ臓を一突きにされていた」

「俺たちの仕業だと言いたいのか」

「そうじゃねえ。あの年寄りの身元がわからねえんだ。それで、おまえさん方が知っているんじゃねえかと思ってな」

「知らねえ。『まる屋』ではじめて見たんだ」

「ほんとうだ。はじめて見る顔だった」

ふたりは口々に言う。

「どうして、あの年寄りに目をつけたんだ?」

「目をつけたわけじゃねえ。あの男が足を蹴ってきたんだ」

「蹴ってきた?」

「そうだ。確かに、足を投げ出していた俺も悪い。だが、よければよけられたはずだ。それなのに、あの男は俺の足を蹴り上げたんだ」

「いい加減なことを」

「ほんとうのことだ。あの野郎、足を蹴り上げておきながら、足をかけられたと騒ぎやがった」

「信じられねえ」

「今さら、嘘をついたって仕方ねえ」

目の大きな男が顔を歪めた。

「奴は、堅気じゃねえ。堅気の人間が俺たちに喧嘩を売るような真似はしねえ」

「…………」

「だから、おめえが飛び込んできたときにはあわてたぜ」

「なら、どうしてそう言わなかった？」

「冗談じゃねえ。あんな剣幕で飛び掛かってきたんだ。こっちが言う暇もなかった」

仙太は返す言葉がなかった。

確かにあのときは、柄の悪い男が年寄りをいじめているとしか見えなかったのだ。

「そうか、そいつはすまねえことをした」

このふたりが嘘をついているようには思えなかったし、嘘をつく理由もない。

「そういえば、あの男、店にいた品のいい白髪の年寄りに何か話しかけていたな」

「白髪の年寄り？」

「名前は知らねえが、以前にも見かけたことがある。小女にきけばわかるんじゃねえか」

「そうか。わかった。呼び止めてすまなかった」

仙太は天秤棒を担いで三好町に向かった。

菊造親方に天秤棒と籠を返し、仙太は『まる屋』に行った。時間が早いので、まだ半分ぐらいの客の入りだ。

「いらっしゃいまし」

小女が迎えた。

「すまねえ、ちょっと聞きてえんだ」

「なんでしょうか」

「ここに品のいい白髪の年寄りが近頃来ていると聞いたんだが、覚えているかえ」

「あのご隠居さんかしら」

「誰だえ」

「この並びにある履物屋のご隠居さんです。たまにお出《い》でになります。奈良茶飯が好物で」

「ここでは奈良茶飯を出しているのか」

「はい」

奈良茶飯は奈良から江戸に伝わった炊き込みご飯だ。具の種類や、味付けも塩や醤油《しょうゆ》など店によって違いがある。

「あら」

小女が戸口を見て笑った。

「いらっしゃいました」

「なに？」

振り返ると、白髪の年寄りが店に入ってくる。

「あの人か」

「そうです」

仙太は空いている床几《しょうぎ》に座った年寄りに、

「すまねえ、ご隠居さん。ちょっとお訊ねしたいことがあるんですが」

声をかけた。

「ふうん、なんだね」

「以前、ここで年寄りがごろつきに足をかけられて大騒ぎになったことがあったが、その場にご隠居さんも居合わせたって聞いたんだが」

「ああ、あんときのことか。そうだ、なかなか気性の荒い年寄りだったな」

「気性の荒い？」

「やっ。そういえば、おめえ、あんとき助けに入った男だな」

「そうだ」

「けっ。何も知らねえで」

「どういうことだ？」

「あれはごろつきがわざと足を出して年寄りをつんのめらせたわけじゃねえ。足を投げ出しているのを見て、年寄りが蹴り上げたのだ」

「ほんとか」

さっきの男たちが言うとおりだ。

「ああ、そうだ。まあ、小気味よかったな」

「そうか。で、その前にその年寄りはご隠居に話しかけなかったかえ」

「はい、どうぞ」

割って入るように、小女が酒を運んできた。

「すまねえ」

隠居は受け取って、酒を猪口に注ぐ。

「どうなんだ。何か話しかけなかったかえ？」

「昔のことだ」

「昔の何を？」

「昔、会ったことがあるけど、覚えていねえかって声をかけてきた」

「会ったことがあるのか」

「いや、思い出せなかった。二十年近く前のことだっていうからな。でも、向こうは覚えていたようだ」

「ご隠居は覚えちゃいねえのか」

「ああ、まったくな」

「相手は詳しく話さなかったのか」

「話さねえ。懐かしくてつい声をかけたってことだったからな。すぐ離れていった。そのあと、あの騒ぎだ」

「そうか。すまなかった」

あの年寄りは二十年前にこの隠居とどんな用件で会ったのだろうか。荒い気性の持ち主らしい。若い頃はそれなりに鳴らした男なのかもしれない。そんな男がなぜ、長屋の様子を窺っていたのか。

戸口に向かったとき、素早く身を隠した男がいた。半治のような気がしたが、半治なら隠れるはずはない。

暖簾をくぐったとき、ある考えが閃《ひらめ》いた。あの年寄りは半治に会いに来たのではないか。そう思うと、そうに違いないように思えてきた。

「おい、仙太じゃねえか」

「あっ、吾平親分」

「何してんだ？」

「じつは殺された男に絡んでいたごろつきにばったり会ったんだ。そしたら、妙なことを言ってた」

「妙なこと？」

「あの年寄りのほうが足を蹴り上げたそうだ」

仙太は説明する。

「それから、年寄りが話しかけたご隠居さんが今日も店に来たので話を聞いたんだ。あの年寄り、二十年近く前にもご隠居と会っていたらしい」

「よし、その隠居に会ってみよう」

吾平は店の中に入っていった。

仙太は長屋に帰った。隣を覗いたが、半治はいなかった。やはり、『まる屋』の戸口で話を聞いていたのは半治だったのだろうか。

四

翌朝、吾平は助太郎店の路地に入った。仙太は商売に出かけたあとだったが、吾平の狙いは半治だった。

「ごめんよ、いるかえ」

吾平は腰高障子を開けた。

中で、三十ぐらいの男が居住まいを正した。

「半治か」

「へえ、さようで」

「俺は岡っ引きの吾平だ」

「へい、存じあげております」

「駒形堂の脇で殺された男がこの長屋の様子を窺っていたんだ。それで長屋の住人に訊ねているんだが、おめえさん、心当たりはないか」

吾平は半治の反応を窺う。

「いいえ、まったく知りません」

「そうか。ちょっと座らせてもらうぜ」

吾平は上がり框に腰を下ろした。

「どうぞ」

半治は煙草盆《たばこぼん》を差し出した。

「すまねえな」

吾平は煙草入れから煙管を取りだし、刻みを詰める。

火を点《つ》けてから、

「おめえさん、この長屋にはいつから？」

「半年前です」

「それまではどこにいたんだ？」

煙を吐いてきく。

「芝です。一年前に女房が死にましてね。女房を忘れるために知らない土地に行こうと思ってここに来たんですが、なかなか忘れられるものではありません」

半治は沈んだ声で言う。

「そうかえ、それは辛《つら》いことだな」

「へえ。我ながら情けないと思います」

「そうか。わかった」

吾平は煙管の雁首を灰吹《はいふき》に叩き、

「邪魔したな」

と、煙管をしまいながら立ち上がった。

「親分さん。身元はわかったんで？」

「いや、まだだ」

吾平は、それから、おとよの家に寄った。

「すまねえな、ちょっとききたいんだが、おまえさんがこの長屋に来たのはいつだね」

「はい。娘が生まれた直後でしたから、もう十八年になります」

「そうか。じつは駒形堂の脇で殺された男は、二十年近く前にこの地に来ているらしい」

「えっ、ほんとうですか」

おとよは真顔になって、

「この長屋にですか」

「いや、そこまではわからねえ」

吾平はあいまいに答える。

「念のためにきくが、男に心当たりはないか」

「ないです」

「重吉という名を聞いたことは?」

「いえ。殺された人、重吉というのですか」

「いや、まだはっきりとはわからねえ。邪魔したな。また、何かあったらききにくるかもしれん」

吾平は土間を出た。

吾平は両国橋を渡って、本所石原町に向かった。

きのうから、本所の各町の自身番に最近姿を見かけない住人について訊ねまわっていた。きょうは手下が石原町を探しているはずだ。

石原町に着くと、手下が、

「親分、見つかった」

と、手を振った。

近づくと、手下がそばにある惣兵衛店《そうべえだな》の木戸を指さす。

「石原町の自身番に詰めていた家主が、惣兵衛店に住む重吉って男が三日前から帰っていないと話してました。ただ、気ままな男で、ときたまふらりとどこかに出かけ、二、三日帰ってこないことがあったそうなので、まだはっきりはしないんですが」

「いや、まず間違いあるまい」

藤十郎から聞いた重吉という名と同じだ。吾平は確信した。

「よし、行こう」

吾平は木戸口を入り、路地にいた赤ん坊を背負った女に、

「重吉の住まいはどこだ」

と声をかけた。

「奥から二番目です。でも、帰っちゃいないようですよ。いつもなら、ここに行商人が

来ると出てきますけど、ここ二、三日姿を見せません。どこかへ出かけて、まだ帰ってないみたいです」

「大家の家はどこだ？」

「木戸の左です」

女が答える。

手下に、大家を呼びに行かせ、吾平は重吉の家の腰高障子を開けた。天窓からの明かりが土間に射しているが、部屋は薄暗かった。

壁に弁慶縞《べんけいじま》の着物が掛かっていて、その下に柳行李《やなぎごうり》。あとは隅に蒲団が積まれ、部屋の真ん中に煙草盆がぽつんと置いてある。

がらんとした部屋だ。

「親分、大家が来ましたぜ」

手下が声をかける。

吾平は土間から出て、二重顎の大家と向かい合った。

「重吉はいくつだ？」

「病気をして、頬もげっそりしているので、歳《とし》がいっているように見えますが、五十には届いていないと思います」

「何をしているんだ？」

「いちおう、薬の行商をしていると……」

「いちおう？」

「へえ、本人はそう言っているんですが、あまり働いているようには見えないんです」

「家賃は？」

「滞りなく、いただいてます」

「妙だな。どこから金を得ているのか」

「親分さん、重吉さんがどうかしたのですか」

「三日前、この対岸の駒形堂の脇で男が殺された」

「まさか、重吉さんで？」

大家は目を見開く。

「似ている。亡骸《なきがら》は北町にある。重吉かどうか誰かを確かめに寄越してもらいたい」

「わかりました」

大家はうろたえたように頷く。

「最近、重吉は対岸の駒形町に何度か通っている。どんな用でかわからねえか」

「いえ、なんにも」

「重吉はときたまどこかへ出かけていて、二、三日帰ってこないことがあるそうだが？」

「そうです。たぶん、手慰みだと」

「賭場に出入りしているのか」

「そうじゃないかと」

「重吉と親しい人間はいるか」

「いえ。重吉さんはあまりひとと交わろうとしません」

「重吉が賭場に出入りしているというのは誰からきいたんだ？」

「長屋の修繕にやってきた大工の棟梁《とうりよう》です。小名木川《おなぎがわ》のほうの武家屋敷の裏門から出てきたのをたまたま見かけたことがあったそうです」

「その大工の名は？」

「へえ、熊蔵《くまぞう》さんです」

「住まいはどこだ？」

「亀沢町です。『だいくま』と言えば、すぐわかります」

「よし、じゃあ、さっそくだが、大家さんには北町まで来てもらおう」

「まいります」

「よし。こいつに案内させる」

吾平は手下に命じた。

吾平はひとりで亀沢町にやってきた。

『だいくま』という大工の棟梁の家はすぐわかった。今は普請場に出ているだろうと思ったが、訪ねてみると熊蔵は家にいた。

熊のような顔を想像していたが、四十ぐらいのすっきりした感じの男だった。印半纏《しるしばんてん》に『だいくま』と入っている。

「俺はおかみの御用を預かる吾平ってもんだ。出かけるところかえ」

「へえ、横網町《よこあみちょう》の普請場まで。何ですね」

熊蔵が粋な立ち姿できく。

「石原町の惣兵衛店に重吉という男が住んでいる。知っているな」

「へい、顔だけは知っています」

「大家にきいたんだが、重吉が武家屋敷の裏門から出てきたのを見たことがあるそうだな」

「へえ、あります」

「その武家屋敷はどこだ？」

「親分。屋敷の場所はご勘弁ください。あっしが教えたために、手入れがあったりしたら寝覚めが悪いですからね」

「俺は重吉のことを知りたいだけだ。賭場には興味はねえ」

「親分さん。重吉さんの何が知りたいんですかえ」

「何をして稼いでいるのか、だ」

「なら、重吉さんの仲間にきけばいいんじゃありませんか」

「仲間を知っているのか」

「へえ。武家屋敷から仲間らしい男といっしょに出てきたんです。その男は、一ノ橋の袂《たもと》で屋台を出している夜鳴きそば屋の亭主でした」

「その亭主と親しそうだったのか」

「へえ、そう見えました」

「そうか。亭主の住まいはわからないか」

「いえ。知りません」

「亭主はどんな感じの男だ？」

「三十ぐらいのいかつい顔の男です」

「よし、わかった。邪魔したな」

「へえ」

　吾平は熊蔵の家を出たが、夜鳴きそば屋が出るにはまだ早い。

　吾平は両国橋を渡って北町奉行所に向かった。

　呉服橋御門から北町奉行所の門前まで来ると、手下が待っていた。

「親分」

手下が駆け寄った。

「大家はまだ、中です」

吾平たちは奉行所の人間ではないので、中には入れない。

「やっ。旦那だ」

脇門から近田征四郎が出てきた。

「旦那、いかがですかえ」

「吾平か。ごくろう。大家が重吉だと確かめた」

「そうですかえ」

やはり、重吉だったか。予想していたことだが、こうして身元がはっきりすると、かえって謎が深まる思いだ。

「どうも重吉はわからないことが多いんです。薬の行商をしていると大家には言っていたようですが、そんな様子はありません。ただ、家賃はちゃんと払い、賭場にも出入りしていたようで、そんな金がどこから出るのか」

吾平は大工の熊蔵から聞いたことを話し、

「今夜、その夜鳴きそば屋に会って話を聞いてきます」

「重吉って男、どうもうさん臭いな。もっと突っ込んで調べてみる必要がありそうだ」

近田征四郎が口元を歪めた。

「へい」

「その後、駒形町で重吉を見かけた人間は見つかっていないのだな」

「見つかっていません。ただ、石原町に行って気づいたのですが、駒形町は対岸ですし、御厩河岸《おうまやがし》の渡しを使ったんじゃないかと思います。どういうわけか、重吉はそこそこ金があるようですんで」

「なるほど。念のために確かめるんだ」

「へい」

手下を御厩河岸に向かわせ、吾平は両国橋を渡った。

陽が落ちてきた。一ノ橋の袂にやってくると、夜鳴きそばの屋台が出ていた。なるほど、亭主は三十ぐらいのいかつい顔の男だった。

吾平が顔を出すと、

「へい、いらっしゃい」

と、亭主が如才ない笑顔を作り声をかけた。

「客じゃねえ。おかみの御用を預かる吾平ってもんだが、ちょっと教えてもらいてえ」

「へえ、なんでしょう」

「石原町の惣兵衛店に住む重吉って男を知っているかえ」

「重吉さんですかえ」

亭主は小首を傾げ、

「さあ、すぐには思い出せません。いったい、その重吉さんが何を?」

窺うようにきく。

「おまえさん、手慰みのほうはどうだえ?」

吾平は亭主の問いかけを無視してきく。

「とんでもない、手慰みなど」

「心配しないでいい。そのほうの調べじゃねえから」

「へえ」

「どうなんだ?」

「嫌いなほうじゃありませんが、それが何か」

「おめえと重吉が武家屋敷から出て来たのを見たという人間がいてな」

「……………」

亭主は一瞬険しい顔をしたが、すぐ元の顔つきに戻り、

「そういえば、あの人は重吉とか言ってました」

と、ようやく認めた。

「親しい間柄ではなかったのか」

「いえ、違います。たまたま帰りがいっしょだっただけです。親分さん、いったい何があったんですかえ」

「重吉は殺された」

「えっ？」

「三日前に、駒形堂の脇で」

「………」

亭主は口を半開きにしていたが、

「下手人は？」

と、身を乗り出してきいた。

「まだだ。重吉がなんのために駒形町まで行ったかもわからないんだ」

吾平は唖然《あぜん》としている亭主に、

「重吉から何か聞いていなかったか」

と、確かめる。

「いえ、何も」

亭主は重吉の死をほんとうに知らなかったようだ。

「重吉が何をして暮らしを立てていたか知らないか」

「あっしはほんとうに何も知らないんです」

亭主は首を横に振った。

「そうか。もし、何か思い出したことがあったら知らせてもらいたい」

「へい」

吾平はそれから石原町の惣兵衛店に行った。

大家が帰っていた。路地に出てきた大家に、吾平はきいた。

「重吉を訪ねてくる人間はいたか」

「いえ、いなかったはずです。少なくとも、私は見ていませんし、店子《たなこ》からもそのような話を聞いたことはありません」

「そうか。もう一度、重吉の家の中を見てみたい」

「どうぞ」

大家が先に重吉の家に入り、行灯《あんどん》に火を入れた。

仄《ほの》かな明かりが部屋の中をぼんやり映し出す。吾平は柳行李の蓋を開ける。

褌や股引《ももひ》き、古着などが入っていたが、他には何もない。ただ、底のほうに一両小判が五枚、紙に包んであった。博打《ばくち》で儲けたとは思えない。

やはり、重吉はどこかから金を手に入れていた。強請《ゆす》り……。それしか考えられないと吾平は思った。

五

翌日の朝、藤十郎のもとに吾平がやってきた。

客間に通し、藤十郎は吾平の話を聞いた。

「やはり、殺された男は石原町の惣兵衛店に住む重吉でした。藤十郎さまの前では、あの男もほんとうのことを話していたようです」

吾平は言ってから、

「ただ、重吉には謎が多いのです。まず、何をして生計を立てていたのかわかりません。大家には薬の行商をしていると話していたそうですが、その様子はありません。そのくせ、暮らしに困っている様子はなく、柳行李の中に一両小判五枚が紙に包んでありました」

「…………」

「あっしは、重吉は誰かを強請っていたんじゃないかと思ったんですが」

「なるほど」

藤十郎も、吾平の考えは大きく外れていないように思えた。

「ただ、誰を強請っていたのか、その調べが難しいんです。なにしろ、訪れる人間もなく、付き合いのある人間もいないようなんです。大工の熊蔵は夜鳴きそば屋の亭主と親しそうだったというのですが、亭主に言わせると、ただ賭場で顔を合わせただけだという始末で」

「重吉は、助太郎店の路地を覗いていたのでしたね」

「ええ。こう言っちゃ何ですが、新たな強請りの相手を見つけたにしては、あの長屋の住人に金を持っていそうな人間はいません」

「仙太とおすみ母娘以外の、あの長屋の住人は？」

「へえ。仙太の隣に半治という煙草売りの男、あとは通い番頭に指物師の職人夫婦。それと大工です。みな身元がはっきりしています。強いて言えば半治という男ですが、会った印象ではなんとも言えません」

「半治はいつからあの長屋に？」

「半年前だそうです。以前は芝に住んでいたそうで、女房が死んだ辛さを忘れるために知らない土地に来たと言ってました。三十過ぎで、腰が低く、住人たちともうまくやっているようです。もちろん、重吉のことは知らないと言ってました」

「そうですか。でも、殺された男の身元がわかったのですから、大きな前進です」

「へえ、重吉のことを徹底的に調べてみます」

「また、何かわかったら教えてください」

「へい」

「でも、私のところに調べたことを伝えにきて、近田さんに叱られませんか」

「へえ、気づかれないようにうまくやっていますから」

吾平は笑いながら立ち上がった。

以前は、吾平もこの『万屋』の裏にある金の不可解さに気づき、しつこく藤十郎に敵対していたが、今では藤十郎の心意気に惹《ひ》かれたらしく、心強い味方になっている。

吾平が去り、ひとりになって、藤十郎は重吉に思いを馳《は》せた。

重吉は駒形町に人探しでやってきたのだ。本名を名乗っているので、人探しというのも信じていいかもしれない。

ただ、助太郎店を木戸から覗いていたのは、探している相手がその長屋にいると思ったからだろうか。

もしくは、重吉は仙太に会おうとしたとも考えられる。仙太に何かを頼むためだ。

「旦那さま」

襖の外で、敏八の声がした。

「何か」

「吉蔵さんがいらっしゃいました」

「ここへ」

「はい」

しばらくして、吉蔵が入って来た。

「失礼します」

「ごくろう」

目の前に座った吉蔵を、労《ねぎら》う。

「藤十郎さま。女太夫や猿回し、その他の大道芸人にもこっそり確かめましたが、おつゆさんはいませんでした」

「そうか」

「弾左衛門屋敷にも匿《かくま》われてはいないようです。やはり、『大和屋』や弾左衛門さまとはまったく無縁の場所に身を隠したと思われます」

「そうか」

「藤十郎さまにはどこか思い当たられるところはございませんか」

「思い返しては愕然《がくぜん》とするのだが、私はおつゆとは『川藤』など限られた場所でしか会っておらぬのだ。思い出に残るような場所はどこにもない」

藤十郎は悲しみに胸をふさがれた。

おつゆをまったく日陰の身に追いやっていた事実に、藤十郎は愕然とするばかりだった。藤十郎はやりきれなさに思わず拳を握りしめた。

「藤十郎さま。ひょっとしたらと思うところがございます」

吉蔵が口を開いた。

「『川藤』にいたおときという女中を覚えていらっしゃいますか」

「いや。何人かいたようだが」

「その中の一番若い娘です。今はやめて嫁に行きました。このおときはおつゆさんに心酔しておりました。もしかしたら、おときならおつゆさんを匿うことが出来るかもしれません」

「おときの嫁ぎ先は？」

「巣鴨村《すがもむら》の庄屋です」

「庄屋どのか」

そこなら十分に匿ってもらえるかもしれない。

「これから行ってみます」

「そうか。すまないが、頼む」

「もし、見つけても声をかけずに引き上げてきます」

「そうしてもらおう」

「はい。では」

吉蔵は引き上げた。

昼過ぎに、藤十郎は『大和屋』の門をくぐった。

奥座敷に通されると、いつものように床の間を背に、父藤右衛門と兄藤一郎が端然と座っている。

「藤十郎、用件はわかっておるな」

藤一郎が切り出す。

「はっ、申し訳ございません。まだ、おつゆを見つけ出せません」

「見通しはどうだ?」

「必ず、見つけ出すとしか言えませぬ」

「藤十郎」

藤一郎が眦をつり上げた。

「明後日、先方のご次男がお忍びでここにやってくる。おつゆがいなければ申し訳が立たぬではないか」

藤一郎は激しい剣幕だ。いつもは藤十郎にやさしい兄だが、おつゆの縁組のことになるとひとが違ったようになる。

それほど、この縁組は『大和屋』にとって重大なものなのだろうか。

「兄上。どこのご次男どのでいらっしゃいますか」

「それは、そなたに言う必要はない」

「なぜですか。私に秘密にしなければならない理由があるのですか」

「おつゆを連れ戻したら教えてやる」

藤一郎は冷たく言い放った。

父藤右衛門は一言も口をきこうとしない。それが無気味だった。

「兄上。では、お伺いいたします。その譜代大名のご次男との縁組を無事になし遂げないと、『大和屋』にどのような不都合が生じるのでしょうか」

「老中の中には『大和屋』を弊害と考える御方もいるのだ。『大和屋』と弾左衛門が必要以上に大きくなり過ぎたと危惧《きぐ》していているらしい」

「…………」

「いつか、『大和屋』を潰しにかかろうとする輩がいないとも限らない。いや、いると考えるべきだ。今は小さな勢力であっても、やがて大きくなったとき、いっせいに『大和屋』に牙を剝いてくるだろう」

「兄上、私は……。いえ、なんでもありませぬ」

自分の考えを今は口にすべきではない。藤十郎は喉まで出かかった言葉を懸命に呑み込んだ。

「藤十郎、存念があれば申してみよ」

はじめて父藤右衛門が口を開いた。

「いえ、ありません」

藤十郎は否定した。

「よいか、明後日だぞ」

藤一郎が厳しく言い、

「下がってよい」

と、突き放した。

「失礼いたします」

頭を下げ、藤十郎は立ち上がった。

夕方、藤十郎は駒形町の助太郎店に仙太を訪ねた。

ちょうど仙太は帰って来たところだった。

「藤十郎さま。どうぞ」

上がり框に腰を下ろすように勧めたが、

「仙太。話がしたい。外に出られるか」

「はい」

「では、駒形堂のそばの大川端で待っている」

「わかりました」

藤十郎は大川端にやってきた。

そばの駒形堂の脇で重吉が殺されたのだ。

藤十郎は夕闇に包まれていく大川に目をやった。本所側に明かりがぽつんぽつんと灯《とも》っていた。

重吉は対岸の石原町からこちらにやってきた。人探しだと言っていたが、重吉は一膳飯屋で隠居に、二十年近く前に会ったと声をかけたらしい。

重吉は二十年近く前にこの地にやってきていた。人探しだというのは、その頃に出会った人間を探そうとしていたのではないか。

そんな気がした。

背後に走ってくる足音が聞こえた。

「お待たせしてすみません」

仙太が詫《わ》びて、藤十郎の横に並んだ。

大川に提灯《ちょうちん》をたくさん下げた屋根船が浮かんでいる。

「仙太はあの長屋に何年いるのだ?」

藤十郎は切り出した。

「十八年ぐらいです。じいちゃんといっしょに」

「おすみ母娘は？」

「あっしより、ほんの少しだけ早く住んでいますからやはり十八年ぐらいかと思います」

「仙太。殺された男は重吉というそうだ」

藤十郎は話題を変えた。

「重吉は二十年近く前にここにやってきたことがあったようだな」

「ええ、『まる屋』で会った隠居にそう言っていたそうです」

「二十年近く前とは、十九年前か十八年前か」

仙太の顔が強張《こわば》った。

「どうした？」

「あの人、まさか……」

「仙太、どうしたんだ？」

仙太ははっとしたように、

「おすみちゃんのおっかさんから殺された男のことをきかれたんです。顔の特徴など、たとえば黒子はなかったかとか」

「知っている男かと思ったのか」

「じつは、『十文屋』の旦那の前で、おっかさんはこう言ったんです。この長屋が気に入っているんです、って。おすみちゃんにはここから動きたくないと言ったそうです」

「動きたくない？」

「はい。あっしは変だと思いました。だって、陽当たりは悪く、どう見ても住みやすい場所じゃありません。でも、おっかさんは気に入っていて、動きたくないって。おすみちゃんとも話しました。不思議に思っていました」

「おっかさんはおすみさんに、理由は一切話していないのだな」

「何も聞いていないようです」

「やはり、誰かを待っているのかもしれぬな」

そんなときに、長屋を覗いていた男が殺された。おとよは自分に会いに来た男かもしれないと思い、仙太に男の特徴を確かめたのだろう。

おとよが誰かを待っているとしたら、それはおとよの一方的な思いとは思えない。相手との約束があったからではないか。

その約束はいつしたのだろうか。

「あっしは、おっかさんが待っているのはおすみちゃんの父親ではないかと思っているんです。おすみちゃんには死んだと言っているけど、ほんとうは生きている。ただ、名乗れない人なんだ。だから、死んだって……」

「それは十分に考えられる。しかし、なぜ、男は長い間、会いに来ないのだ？」

藤十郎は疑問を呈する。

「この周辺にある大店の旦那じゃないかと考えました。だから、おっかさんはあの長屋を離れられないんだと。でも、それなら、今までずっと会いに来ないのはおかしいし、殺された男のことを気にしたのも変です」

「もしかしたら、母親は代わりの人間かと思ったのかもしれない。父親の使いだ。だが、それも妙だ」

藤十郎は自分の考えをすぐ否定した。

「使いの者が殺されたとしたら、もっと取り乱していいはずだ。男の死は別ものと考えたのだろう」

「おすみちゃんには、これから誰かが訪ねてくるかもしれないから注意するように話してあるんですが」

「おすみさんは、父親のことをどこまで知っているんだ？」

藤十郎はきいた。

「腕のいい大工だったけど若死にしたと。それだけで、おっかさんはあまり話をしてくれなかったようです」

「もし父親だとしたら、別れたのは十八年ぐらい前だ。重吉は二十年近く前にこの地を訪ねている。どうやら、重吉と父親は何らかのつながりがあるように思えてならない。

そのあたりの事情も母親は知っているはずだ」

「殺しに、おすみちゃんのおとっつあんが関わっていると？」

　仙太は不安そうな顔をした。

「ただ、わからないことがある。十八年も現れなかった男が今になってやってくると、なぜ母親は考えたのか」

　おすみ母娘の周辺で何かが起ころうとしている、いやまさに起きていると、藤十郎は思った。

第三章　男の素性

一

吾平は門前仲町《もんぜんなかちょう》から富ヶ岡八幡宮《とみがおかはちまんぐう》まで歩いた。地廻《じまわ》りの男に出会えば呼び止めて、重吉のことを訊ねる。だが、みな首を横に振った。

この界隈《かいわい》を縄張りにしている岡っ引きにきいてもわからなかった。

重吉が惣兵衛店に住むようになったのは五年前からだ。それまで、大家の話では深川にいたらしい。

だが、深川のどこにも重吉の痕跡がないのだ。

吾平は重吉の金の出所を追った。柳行李に五両あった。これといった仕事をしていない人間が持っているのは不自然だ。

昔稼いだ金の残りではない。包んであった紙も新しい。最近手に入れたものだ。

誰かを強請っている。それが、吾平の考えだ。

「親分、妙ですね。重吉のことを知っている人間がいないなんて」

手下が顔を歪めた。

「重吉は、大家に出まかせを言っていたようだな」

吾平も苦い顔をした。

「もう一度、大家から話を聞こう」

忌ま忌ましい気持ちで、吾平は油堀を越え、仙台堀を渡った。

本所石原町の惣兵衛店にやってきた。

大家が路地に出てきて、

「確かに、重吉は深川にいたと言いました。深川のどこかとは言いませんでしたが、体を壊して働けなくなったが、ようやく元気になったって言っていたんです」

「小名木川近くの武家屋敷の賭場に出入りしはじめたのは、ここに越してきてからかもしれないな」

吾平は厳しい顔のまま、

「以前はどんな仕事をしていたか、聞いてはいなかったか」

「いえ。あまり、昔のことは話したがらなかったので」

「重吉は病気になって痩せて顔つきが変わったようだが、最初の印象はどうだった？」

「へえ、目つきが鋭く、怖い感じでしたが、案外とおとなしい人でした」

「柳行李に入っていた五両は、重吉にはふさわしくない金だ。その金の出所に心当たりはないか」

「そういえば、一月に亀戸天神《かめいどてんじん》の鷽替《うそか》え神事に行った数日後に会ったとき、ご利益で良いことがあったと喜んでました。なんでも金を貸した男がやっと見つかって、金を返してもらえたと」

「貸した金を返してもらったか」

あやしいと、吾平は思った。

「その相手のことはわからないか」

「わかりません」

「亀戸天神に行ったときに、その相手を見つけたと言うのだな」

「そう言ってました」

「その後、重吉は亀戸天神には行っているのか」

「さあ、聞いていません」

大家は首を横に振った。

「わかった。またききに来るかもしれない」

吾平は大家と別れた。

木戸を出てから、

「どうやら、重吉は亀戸天神の鷽替え神事に行った帰りに、何か弱みを握っている人物を見かけたようだな」

と、吾平は呟くように言ったが、すぐにため息をついた。

その男を見つけ出せれば重吉の素性を明らかに出来る。だが、それは至難のわざだ。

手掛かりは何もない。

吾平は亀戸天神に足を向けながら、重吉が強請っていたかもしれない相手に思いを馳せた。

強請ったということはある程度、成功した人間であろう。今は商家の主人になってい
るような男かもしれない。

そして、主人になる際に何かご法度を犯している。そのことを、重吉は知っているのだ。それが強請りの種だ。

重吉はかつてその男に使われていた人間とも考えられる。

武家地を抜け、法恩寺橋《ほうおんじばし》を渡った。水茶屋や土産物屋などが並ぶ法恩寺の前を過ぎ、やがて天神川に出た。

亀戸天神の参道までやってきて、吾平は行き詰まった。大勢の参詣客で賑《にぎ》わっている。周辺にも大きな商家があるが、重吉がどこに目をつけたのかまるでわからない。商家かもしれないし、そうではないかもしれない。

「親分、どうしますね」

「うむ。何も出来ねえな」

「こうなれば神頼みですかねえ。親分。ちょっとお参りしていきませんかえ」

「神頼みか」

吾平は苦笑しながら鳥居をくぐった。

太鼓橋を渡り、拝殿の前に行く。参詣客が並んでいて、拝殿の前に立つまで少し暇がかかった。

やっと拝殿に向かい、手を合わせて下手人が早く見つかるように願った。

再び太鼓橋を渡る。一番高い真ん中に立ったとき、吾平ははっとした。

「あの男を見ろ」

「へい。あっ、あの男」

「そうだ。平吉《へいきち》だ」

「あの野郎、こんなところにいやがったか」

手下はすぐ橋を駆け下りようとする。

「気づかれぬようにあとをつけろ」

「へい」

平吉は鳥居を出ていく。

手下があとを追った。吾平も遅れてついていく。

平吉は八《や》つ頭《がしら》の友蔵《ともぞう》という盗賊の一味だ。三年前に池之端仲町にある紙問屋『美濃《みの》屋《や》』が押込みに入られたとき、その『美濃屋』で下男をしていた男だ。友蔵一味は二千両を盗んでまだ捕まっていない。

平吉の手引きで一味が押し入ったとわかったとき、すでに平吉は『美濃屋』から姿を消していた。

三十半ばの小柄な男だ。広い額に、尖《とが》った顎という変わった顔つきの男だ。

天神橋を渡り、法恩寺のほうに向かう。手下は顔を知られていない。吾平は手下のあとを追う。

法恩寺橋を渡り、横川に沿って竪川《たてかわ》のほうに向かっている。辺りに平吉の仲間がいないのを確かめながら吾平も法恩寺橋を渡った。

手下が入江町の角で待っていた。

「野郎、『扇屋《おうぎや》』っていう店の裏口に入っていきました」

「『扇屋』？」

入江町の『扇屋』は、かなり古くからある鼻緒問屋だ。

「八つ頭の友蔵は『扇屋』を狙っているのか」

吾平は顎に手をやって考え込んだ。平吉はまた下男として『扇屋』にもぐり込んでいるのか。

八つ頭の友蔵は『美濃屋』の押込みのあと、鳴りを潜めていた。

「どうしますか。『扇屋』に乗り込んでみますかえ」

「いや。今、騒いだら友蔵に気づかれてしまう。しばらく、様子を見よう」

「神頼みが、重吉ではなく別のほうに効き目がありましたね」

「いや、こっちのほうが大きい。ともかく旦那に相談だ」

吾平は急いで引き上げた。


夕方、吾平が駒形町の自身番で待っていると、近田征四郎がやってきた。

「旦那、お待ちしてました」

「何かあったのか」

「へい。八つ頭の友蔵一味の平吉を見つけました」

「なに、平吉を？」

「重吉の探索で、亀戸天神まで行ったとき、偶然に平吉を見かけたんです。あとをつけたら、入江町の『扇屋』っていう鼻緒問屋の裏口に消えました。また、下男かなんかとしてもぐり込んでいるんじゃないでしょうか」

「平吉に間違いないか」

「間違いありません。変わった顔ですからね」

「そうか」

征四郎も興奮しているようだ。

「どうしますね」

「しばらく『扇屋』に張りつくんだ」

「重吉のほうは？」

「あとまわしだ。重吉の件より八つ頭の友蔵一味のほうが大事だ。なにしろ、こっちは頭領の友蔵の顔も知らないんだ。『扇屋』を利用して、一味を捕らえるのだ」

一瞬、藤十郎の顔が脳裏を掠めた。だが、重吉殺しの下手人を捕まえるより、八つ頭の友蔵一味を捕まえるほうが手柄になる。

「今後、気づかれぬように『扇屋』の周辺を見回るのだ。ともかく、明日、そこに行ってみる」

「へい」

「どうした？」

征四郎が不審そうな顔をした。

「いえ、重吉の件があとまわしに……」

「投げ出すわけではない。八つ頭の友蔵の件が片づいたら、また探索を再開するんだ」

征四郎の言葉を、吾平も自分に言い聞かせた。

奉行所に戻る征四郎と別れ、吾平は田原町の『万屋』に行った。

ちょうど敏八が暖簾を片づけるところだった。

「親分さん」

下ろした暖簾を抱えて、敏八が、

「藤十郎さまならお帰りになっています」

「そうか。じゃあ、伝えてくれ」

「どうぞ」

吾平を土間に引き入れ、敏八は奥に向かった。

吾平は藤十郎に会うのが何となく気重だった。

「どうぞ、お上がりください」

敏八が戻ってきて言う。

吾平はいつもの客間に通された。すでに、藤十郎が待っていた。

「お邪魔します」

吾平は挨拶をして藤十郎の前に畏まった。

「親分、どうかなさいましたか。どこか元気がないようですが」

「へい」

やはり、藤十郎には見透かされた。

「じつは、重吉殺しの件で深川を歩き回ったんですが、重吉のことはまったくわかりませんでした。それで、もう一度、惣兵衛店の大家に話を聞いたところ、重吉は今年の一月に亀戸天神の鷽替え神事に行ったときに、金を貸した男を見つけて、金を返してもらったと喜んでいたというのです」

吾平は唾を呑《の》み込み、続ける。

「あっしは弱みを握っている男と出会ったんじゃないかと思い、とりあえず、亀戸天神まで行ったんです」

また、吾平は一拍の間を置き、

「ところが、そこで八つ頭の友蔵一味の平吉っていう男を見つけたんです」

「八つ頭の友蔵？」

「三年前まで、さんざん暴れまくっていた盗賊です。一味は十人ぐらいいます。平吉もそのひとりです。盗みの前科があって顔を知っていました。三年前は池之端仲町の『美濃屋』に下男としてもぐり込み、一味を引き入れた男です。当初は下男が一味とは思わず、気づいたときには姿を晦《くら》ましていました。その平吉が入江町の『扇屋』という商家に入っていったのです」

「なるほど」

藤十郎は深く頷き、

「八つ頭の友蔵一味が『扇屋』を狙っていると？」

「へえ」

「それで重吉の件は置いといて、八つ頭の友蔵一味のほうを先に探索することになったというわけですね」

「すみません。そういうわけでして。いえ、重吉の件は友蔵一味のほうが片づいたら、また再開するということで、決して諦めたわけではなくて」

「わかります。『扇屋』のほうが緊急です」

藤十郎は理解を示した。

「どうか、八つ頭の友蔵一味を捕らえるために全力でお励みください」

「へえ、そうおっしゃっていただくと、気が楽になります」

「念のために、重吉の件で親分が摑んだことをすべて教えていただけますか」

「わかりました」

吾平は今までのことをすべて語った。といっても、藤十郎にとって新しい話はほとんどなかった。

それでも、藤十郎は熱心に聞いていた。

「わかりました。私は何も出来ませんが、何かあったらあとで親分に報告出来るように調べておきます」

「へえ、恐れ多いことですが……。では、そういうわけで、しばらく友蔵のほうに専念いたします」

吾平は藤十郎の前から下がった。


翌朝、まだ夜が明けきらぬうちに、吾平は近田征四郎と両国橋を渡った。

入江町にやってきた頃、ようやく東の空が白みはじめた。

斜向《はすむ》かいに建つ小商いの商家の路地から、漆喰《しっくい》土蔵造りの『扇屋』を見張る。だんだん明るくなり、『扇屋』の大戸が開いた。

小僧や手代《てだい》たちが店の前の通りを箒《ほうき》で掃いている。並びの商家も大戸を開けだした。

店の中に番頭らしい男の姿が見えたが、『扇屋』に主人はまだ現れていないようだ。

小商いの商家の戸が開いた。吾平と征四郎は土間に入り、

「すまねえな。ちょっと軒先を借りるぜ」

吾平が亭主らしい男に声をかけた。

「『扇屋』さんに何か」

鬢《びん》に白いものが目立つ亭主がきいた。

「いや、なんでもねえ。『扇屋』にこっちが探している男が客でやってくるかもしれないのだ」

「亭主」

　征四郎が声をかけた。

「はい」

「二階はふだん使っているのか」

「いえ、娘が嫁に行ったあとは空き部屋です」

「そうか。すまないが、しばらく二階の部屋を貸してもらえぬか」

「よござんす」

　亭主は快く、二階に案内してくれた。

　窓から『扇屋』の表と脇の路地が見通せる。

「ここならよく見張れる」

　征四郎も気に入ったようだ。

「あっ、誰か出てきました」

　羽織り姿の渋い感じの男だ。四十過ぎだろう。奉公人が出てきて、並んで見送る。

「『扇屋』の主人です」

　亭主が教えた。

「あれが主人か」

　征四郎が呟く。吾平が、

「旦那、何か」

「いやに、堂々とした男だと思ってな」

「亡くなった先代の内儀の兄だそうです」

「亡くなった先代？」

「ええ、先代は二年前に、木場で倒れてきた材木の下敷きになって亡くなったんです。子どもがいなかったところへ、乗り込んできたそうです」

「吾平。少し、その辺りのことを調べてみる必要があるな。ただ、『扇屋』に出向くと、友蔵一味に悟られてしまう。こいつは周囲から調べなければならないな」

「わかりやした」

　思わぬ方向に話が向かいそうだ。吾平は当惑しながら、窓から『扇屋』の主人が出かけていく後ろ姿を見送った。

二

　朝、出掛けに半治が仙太の家に顔を出した。

「出かけるのか」

「へえ。行ってきます」

「もう傷は良いのか」

「痛みはありません」

仙太は土間に下りた。

「そこまでいっしょに行こう」

半治がついてきた。

大通りに出ると、

「仙太さん、知っているかえ、おとよさんのこと？」

いきなり半治が言い出した。

「えっ、なんですね」

「そうか。じつは、きのうの夕方、おとよさん、木戸の外に立っていたんだ」

「まさか」

「いや、ほんとうだ。だいぶ元気になったように見えたが、何しているんだろうと不思議に思ってな」

「……………」

「どうやら、誰かを待っているようだった」

仙太は胸が騒いだ。

「ああ、間違いねえ。大通りのほうから人影が現れるたびに顔を確かめ、落胆したように元の場所に戻る。そんなことを繰り返していた」

半治は仙太の顔を覗き込むようにして、

「誰を待っているのか、心当たりあるかえ」

「いや、ねえ」

「だが、この前の殺された男のことも気にしていたそうじゃねえか。長屋を覗いていたと聞いて、自分に会いに来た男だと思ったんじゃねえのか」

「おとよさんは何も言わないから」

「そうか」

「でも、半治さんはなぜ、そんなことを？」

「いや、おとよさんのことだから気になっただけだ」

「殺された男は重吉というそうです。半治さんの知り合いではないですよね」

「ばかを言え。俺が知るわけないだろう」

半治が苦笑し、

「確かに、半年前にやってきたひとり暮らしの俺に会いに来たというのが一番考えやすい。だが、俺はあんな男は知らねえ」

と、切り捨てるように言い、

「それより、きょう早めに帰ってきて、様子を見てみるといい。じゃあな、仕事頑張ってな」

半治は仙太から離れていった。

仙太は菊造親方宅への道すがら、木戸の外で立っていたおすみの母親のことを考えていた。

やはり、誰かを待っているのは間違いない。しかし、なぜ、おすみにそのことを言わないのだろうか。

ほんとうにその誰かがやってきたら、おすみには何と言うのか。

菊造親方から金と天秤棒を借り、市場で野菜を仕入れて、仙太は振り売りに出た。しかし、考え事ばかりで、商売の掛け声も途切れがちになり、一日歩き回っても売上げは伸びなかった。

こんなことでは『万屋』から借りた三十両は返せない。焦りを覚えて大声を張り上げ、長屋の路地まで入り込んで、ようやく籠の野菜が減ってきた。

まだ野菜は少し残っていたが、仙太は天秤棒を担いだまま駒形町に戻って来た。そして、裏手にまわって町筋に入った。

助太郎店に近づくと、木戸の前におすみの母親が立っていた。やはり、表通りを見ている。訪ねてくる人間を待っているのだ。

仙太はひき返し、大回りをして表通りに出た。

その夜仙太は、夕餉のあと、おすみを誘い、駒形堂にやってきた。

「おすみちゃん、最近おっかさん、夕方になると木戸の外で誰かを待っているんだ。知っていたかえ」

仙太が切り出した。

「いいえ、知らないわ」

おすみは顔色を変えた。

「やはり、おっかさんは何も言わないのか」

「ええ」

おすみは俯いた。

「おっかさんが誰かを待っているのは間違いない。そして、相手が訪ねてくることを信じているようだ」

「おとっつあんなのかしら。でも、おとっつあんなら私に言うはずよね。死んだと言っていたけど、ほんとうは生きているって」

「おとっつあんではないのかもしれない。でも、おっかさんにとっては大事な人だ。ずっと、待っていたんだ」

「ずっと?」

「そうだ、十八年だ」

「十八年……どうしてそう言えるの？」

「だって、おすみちゃんが生まれてから最近まで誰かが訪ねてくるという気配はなかったはずだ。おっかさんがその人間と別れたのは、おすみちゃんが生まれる前後だと思う」

「でも、どうして今なの？」

「おすみちゃんが十八の秋に訪ねてくる。そういう約束だったとしたら……」

「おっかさんにとって大切な人って、私のおとっつあんではないの？」

おすみは悲しげな目を向けた。

「それは……」

仙太はある想像をしている。おとよにとって大切な人間がおすみの父親ではないと仮定したら、こう考えるしかない。

おとよはおすみの父親ではなく、別に好きな男がいて、その男の子を身籠もったのだ。しかし、男はおとよから去っていった。

こんな想像はおすみに話すことは出来ない。あまりに残酷過ぎる。この想像が外れてくれることを祈るのみだが、それ以外に何が考えられるのか。

「もしかしたら……」

おすみの声が震えを帯びていた。

「おっかさんの大切な人は、おっかさんを迎えに来るのではないかしら」

「迎えに？」

「私がひとりで生きていける年頃になったら……、そう十八の年に迎えに来るという約束だったのでは……」

おすみは思い詰めた目を向け、

「私を捨てて、その人と」

「ばかな」

「仙太さん、気づかない？」

「なにを？」

「最近のおっかさん、若くなったと思わない？」

「うん、それは病気が良くなったからだろう」

「いえ、近ごろじゃ髪を梳《と》かし、白粉《おしろい》を塗り、うっすらと紅も……」

そういえば、そうだと、仙太は思い出した。

「おっかさん、私のおとっつあんではない人を待っているんだわ。自分を迎えに来てくれるのを待っているんだわ」

おすみは感情が激してきた。

「待ってくれよ、おすみちゃん。まだ、そうだと決まったわけじゃないだろう。まったく、別の理由があるんだ」

「どんなこと？」

おすみは迫る。

「それは……」

仙太は戸惑いながら、

「おっかさんを迎えにくるのがほんとうだとしても、おすみちゃんを捨てていくわけはない。そんなこと考えるなんて、おすみちゃんらしくない」

「でも」

「おっかさんを信じてやらなきゃだめだ。それに、俺は十八年前に別れたと勝手に決めつけていたけど、おっかさんは長い間、女子に手紙の書き方や文字を教える指南所で働いていたそうじゃないか。その頃に出会った人かもしれない」

「それでも同じよ。いつ出会おうが、私が十八の年に迎えにいくという約束が出来ていたら」

仙太は大きくため息をついて、

「誰を待っているかは、いずれわかる。それまで、待とう」

「辛すぎるわ」

おすみは呻くように言う。

「俺がついている。気をしっかり持って……」

おすみの肩に手をかけた。

「仙太さん」

いきなりおすみが仙太の胸に顔を埋《うず》めて嗚咽《おえつ》をもらした。

「おすみちゃん」

仙太はおそるおそるおすみの背中に手をまわし、力を込めた。俺は何があろうがおすみを守る。そう思いながら、おすみが泣くに任せた。

やがて、おすみが落ち着いてきた。

「ごめんなさい」

おすみが身体《からだ》を離した。

「じゃあ、帰ろうか。いいかい、待つんだ」

おすみから返事はなかった。

仙太の不安が的中したのは、長屋に帰って四半刻（三十分）後だった。隣からおすみの問い詰めるような声が聞こえてきた。

仙太は壁に耳を当てた。

「教えて、おっかさんは誰を待っているの？　誰なの？」

「堪忍」

おとよの悲しげな声が聞こえる。

「誰かを待っているのは間違いないのね」

「ええ」

「おっかさんがこの家を離れたくなかったのは、その人がここに訪ねてくることになっていたからね」

「ええ」

おとよの返事は小さい。

「その人が来たら、おっかさんはどうするつもり？　私を捨てて、その人とどこかに行くつもりなの？」

おすみは心配で耐えきれなくなって感情を爆発させたようだ。仕方ない、かえっておとよの真意が聞けることになるかもしれないと、仙太は思った。

「私がおまえを捨てるわけないじゃないか」

おとよが甲高い声を出した。

「じゃあ、その人とどうするつもり？」

「…………」

「いっしょに暮らすつもりじゃないの？　そうなのね」

「わからないわ」

「私はいやよ」

「おすみ」

「私のおとっつあん以外の人と住むなんてまっぴらよ。もしそうだったら、私のほうからおっかさんを捨ててやる」

おすみは激しい口調で言う。

「おすみ……」

おとよの泣き声が聞こえた。やがて、おすみの泣き声も加わった。

仙太はやりきれない思いで壁に耳をつけていた。

寝つけず、まんじりともしない夜を過ごすかと思ったが、いつの間にか寝入っていたようだ。

路地の賑やかな声と天窓から射し込む朝陽に、仙太はあわてて起き出した。

顔を洗うのもそそこに飛び出し、おすみの家の前に立った。

深呼吸をして、腰高障子に手をかける。

思い切って戸を開けると、

「おはよう」

流しの前にいたおすみが明るい声を出した。

「仙太さん、おはよう」

奥から、おとよが挨拶する。

ふたりとも元気そうなので拍子抜けした。

「おはようございます」

仙太は土間に入った。

「仙太さん、朝餉、いっしょにいただきましょう」

おとよがすっきりした顔で言う。

どうなっているのか、おすみの顔を覗く。

おすみは目顔で、あとでね、と言ったような気がした。

「いいんですかえ、ご馳走になって」

何があったかわからないが、安心したとたん、腹の虫が鳴った。

朝餉のあと、自分の家に戻ると、しばらくしておすみがやってきた。

「これ、お昼よ」

おすみが握り飯を持ってきてくれた。

「いつもありがとう」

仙太は受け取りながら、

「きのう、言い合っていたので驚いたよ」

と、声をひそめた。

「聞こえていたわよね。不思議ね、言い合ったらなんだかすっきりした気分になっちゃって。おっかさんも同じだったみたい」

おすみも小声だ。

「よく考えたら、おっかさんは女手ひとつで私を育ててきたのでしょう。あまり、自分の楽しみなんてなかったはずだわ。それを考えたら、迎えに来る人がいるなんて素敵なことだと思うようになったの。おっかさんにだって楽しいことがあってもいいはずですもの。かえって喜ぶべきじゃないかしら」

「なるほど」

仙太は微笑んだ。

「最後、おっかさんと肩を抱き合って泣いていたら、おっかさんのやることをなんでも認めてあげたいという気になったの」

「相手がどんな人かわかったのか」

「いいえ。いいの」

おすみはため息をつき、

「仙太さんの言うとおりよ。誰を待っているかは、いずれわかる。それまで、待とうって言ってくれたでしょう。そうするつもり。そう思ったらすっきりしたわ。そりゃ、少しはわだかまりはあるわ。どうして、ほんとうのことを言ってくれないのって。でも、いずれわかることですものね」

「そうだ。おすみちゃんはえらいよ」

「ううん。仙太さんのおかげ。私には仙太さんがいるんだと思ったら怖いものがなくなったの。もし、訪ねてくる人がおっかさんを迎えに来たのなら、快く送り出してあげるつもり」

そうだよ、おすみちゃんには俺がついているのだと口にしかけたが、おすみはどのような意味で言っているのだろうか、気になった。

おすみちゃんにとって俺はどんな存在なんだ、とききたかった。頼りになる兄さんよ。そんな答えが返ってくるかもしれない。怖くて胸が痛くなった。

「仙太さん。じゃあ、私、そろそろ出かけないと」

おすみが立ち上がった。

「ほんとうに、もう『十文屋』さんはだいじょうぶなんだね」

仙太は『十文屋』のことで少し気にかかっていることがあった。

おすみを妾にする魂胆があって親切ごかしに金を貸していたが、『十文屋』の主人はおすみだけでなく母親まで引き取ろうとした。そのことに引っかかるのだ。何か他に狙いでもあったのではないか。まだ何か言ってくるのではないかと心配なのだ。

「ええ、だいじょうぶよ。じゃあ、行ってきます」

おすみが出かけたあと、仙太も握り飯を持って長屋を出た。

三

その日の朝、藤十郎は使いの知らせで、『大和屋』に急いだ。

奥座敷には床の間を背に、父藤右衛門と兄藤一郎がいつにもまして厳しい顔で待っていた。

藤十郎が挨拶をしても、ふたりは押し黙ったままだ。昨日は、おつゆの縁組の相手である譜代大名家の次男が来ることになっていた。用件がそのことであることは、ふたりの不機嫌そうな表情から察せられる。

まるで、いたぶるように、藤右衛門と藤一郎は言葉を発せず、藤十郎を見つめた。話を、藤十郎のほうから切り出させようとしているのだろうか。

吉蔵は『川藤』にいた女中おときの嫁ぎ先からおときの実家まで行ってきた。だが、おときはおつゆがいなくなったことを知らなかったという。

おつゆを探す手掛かりはいまだなく、手詰まり状態であった。

「藤十郎」

　やっと、藤一郎が口を開いた。

「昨日、ご次男どのが当屋敷にやってきた。だが、おつゆがいないと知ると、早々と引き上げてしまわれた」

「申し訳ございません。いまだおつゆの行方はわかりません」

　藤十郎は素直に詫びた。

　藤右衛門の鋭い目が一瞬光った。藤十郎は激しい言葉を浴びせられることを覚悟したが、藤右衛門の口は真一文字に結ばれたままだった。

　藤一郎が続けた。

「また、出直されるそうだ」

「…………」

「ご次男どのはおつゆにご執心だ。是が非でも嫁にしたいとおっしゃった。以前にも申したように、この縁組は当家にとっても重要な意味を持つのだ」

「おつゆは覚悟のうえに出奔したものと思えます。おいそれと居場所を見つけることは出来ないと思います」

「藤十郎、そなたが隠しているのではないか」

「いえ、私にも何の相談もなく、おつゆは出ていきました」

「ともかく、おつゆを探し出さねばならぬ。なんとしてもだ。大袈裟《おおげさ》ではなく、『大和屋』の存亡にも関わることだ」

「その譜代大名家にそれほどの力がおありなのですか」

「ある」

藤一郎がきっぱりと言った。

「幕閣の一部から、『大和屋』の存在そのものが不要だという意見が出ている。その急先鋒の大名と親しいのが、おつゆの相手の大名家だ」

「幕閣の一部に『大和屋』不要論が出ているというのですか」

藤十郎は確かめる。

「そうだ。困窮する武士を助けても一時凌《いちじしの》ぎに過ぎない。救済することでかえって武士の矜持《きょうじ》を失わせ、武士道の衰退に拍車をかけていると考える者がいるということだ」

「…………」

思わず口に出かかった言葉を、藤十郎はあわてて呑み込む。

それは藤十郎も常々感じていたことだ。困窮した武士に金を貸すことで武士は安心してまた享楽に耽《ふけ》る。その繰り返しだとしたら、救済の意味がない。それどころか、ますます武士は矜持を失っていく。

そういう危惧を抱いていた。もちろん、このような考えは心の奥に封じ込めていたが、幕閣の中にも同じ考えの老中がいると知り、複雑な思いがした。

ひょっとして、おつゆのことは『大和屋』の崩壊のはじまりを意味しているのではないだろうか。

父も兄もそのことがわかっているので、なんとしてでもおつゆを嫁がせようとしているのだ。

「藤十郎、おつゆを探し出せるのはそなたしかいない。そして、おつゆを説き伏せられるのもそなただけだ」

「………」

藤十郎は反論する気も起きず、そのまま頭を下げ、辞去した。

屋敷の門を出てから、藤十郎は振り返った。一瞬、『大和屋』の屋敷の上空に暗雲が立ち込めているのを見た。

はっと気づくと、青空が広がっていたが、藤十郎は以前と違う何かを感じ取った。


その夜、藤十郎は両国橋を渡って、竪川にかかる一ノ橋に向かった。

一ノ橋の袂に夜鳴きそば屋の屋台が出ている。看板に「二八手打ちそば」とある屋台に近づいた。

おつゆの探索は吉蔵に任せていれば必ず見つけ出すだろう。藤十郎にとっては無事でいてくれることが何よりの願いだ。藤十郎は吾平が中断した重吉の調べを進めていた。おとよは訪ねてくる者を待っている。同じ頃、助太郎店の様子を窺っていた重吉が無関係とは思えない。

重吉のことを幾らかでも知っていそうなのは夜鳴きそば屋の亭主だ。屋台の脇に立っている亭主に声をかける。

「ちょっとお訊ねしたい」

「へえ」

亭主が細い目を向けた。

「以前に、重吉さんのことで岡っ引きの吾平親分がやってきたと思いますが」

「へえ、そんなことがありました」

亭主は答えてから、

「親分さんにも申し上げましたが、私はその御方のことはよく知りませんので」

「賭場で何度か顔を合わせたそうですが」

「ええ。たまたま帰りがいっしょになったときがあっただけでして」

「ここにそばを食いに来たことは？」

「あったかもしれませんが、覚えちゃいません。お客さん、なんでそんなことを？」

「重吉さんとちょっと関わったもので」

藤十郎はそう答え、

「重吉さんとの話の中で、何か気になったことはありますか」

「いえ、なにも」

「そうですか」

人が近づいてくる気配に顔を向けると、編笠をかぶった武士だった。

亭主が顔を向けた。それだけで通じ合ったのか、武士はすぐ踵を返して、橋を渡っていく。

亭主は顔を戻した。

「お客さん。さっき申し上げたとおり、あっしは重吉さんのことはあまりよく知らないんです」

「そうですか、お邪魔しました」

藤十郎は礼を言い、回向院《えこういん》のほうに向かった。だが、途中で路地に入り、屋台のほうを見た。

亭主が橋を渡っていくのが見えた。藤十郎は引き返し、一ノ橋を渡った。

亭主は一ツ目弁天の境内に入っていく。藤十郎は注意深く境内に近づき、中を覗き込む。

常夜灯の陰に、亭主と編笠の武士の姿があった。やがて、亭主が引き上げてきた。境内の脇に身をひそめ、亭主をやり過ごす。

しばらくして、武士が境内から出てきて、一ノ橋に向かう。藤十郎はあとをつけた。

橋を渡り、屋台を見ると、看板の明かりは消えていて、亭主の姿もなかった。どこに行ったのかはわからない。

武士は両国橋のほうに向かっている。藤十郎は注意深くあとをつける。辺りはすっかり暗くなっていた。

橋を渡り、両国広小路を突っ切って柳原通りに入る。武士は一定の歩調で歩いている。筋違《すじかい》御門《ごもん》から昌平橋《しょうへいばし》の南詰を過ぎ、淡路坂《あわじざか》を上がっていく。藤十郎は武士の素性を調べるつもりだった。

そのとき、坂の上から若い武士が下りてきた。編笠の武士と立ち話をはじめる。顔見知りのようだ。

まもなく若い武士と別れ、編笠の武士はなおも坂を上がっていく。藤十郎はゆっくり歩きだす。

若い武士が藤十郎のほうを見た。藤十郎もさりげなさを装って坂を上がっていった。

だが、すでに編笠の武士は消えていた。

どこに入ったかわからなかった。藤十郎は諦めて引き上げた。

藤十郎が『万屋』に帰ると、酒を呑んで帰ってきた如月源太郎と出くわした。

「今、お帰りか」

源太郎がきいた。

「ええ。少し歩き回ってきました」

藤十郎は答える。

「少し、話がしたい。仙太のことだ。離れに来てくれぬか」

「わかりました。あとでお伺いします」

藤十郎はいったん店に出て、敏八から質草台帳などを受け取って確かめてから、離れに向かった。

源太郎は部屋に戻っても酒を呑んでいた。

「よく、飽きませんね」

藤十郎は呆れる。

「うむ、不思議なものだ。いくらでも呑める」

源太郎が真顔で返した。

「で、仙太が何か」

「最近、仙太のあとをつけて市中を歩き回っている」

「そこまでなさらなくとも。ただ、気を配っていただくだけでよろしいのです」

源太郎がほんとうにずっと仙太を見守っていることに驚いた。

「いや。ずっとつけているわけではない。だいたい、仙太の歩く道順がわかってきたので、ときたま寄り道をして、また先回りをしてあとをつけるという繰り返しだ」

「それにしても、ごくろうなことです」

藤十郎が労う。

「仙太も最近は喧嘩をしない。先日も、他の棒手振りとかち合って言い合いになったが、耐えていた」

「そうですか。それはよかった」

「ところが、仙太を待ち伏せている男がいるんだ」

「待ち伏せ？」

「いつも仙太は最後は稲荷町から田原町に抜けるんだが、菊屋橋の橋詰にたむろしている男がいる。三人だ」

「どんな男たちですか」

「三人とも二十七、八ぐらいで、ひとりは化け物のような巨軀の男だ」

「巨軀？」

いつぞや、仙太が新堀川沿いを三人に囲まれながら、浅草田圃のほうに歩いていったことがある。

藤十郎がはじめて仙太を見かけたときのことだが、源太郎が見たのはそのときの三人のようだ。

「待ち伏せているというのは、どうしてそう思うのですか」

「そのうちの小太りの男が敵意を剝き出しにして仙太を見送ったのだ」

「仙太も気づいていたのでしょう？」

「気づいていた。だが、無視していた」

「なら、だいじょうぶです。確かに、仙太の喧嘩相手ですが、もう手出しはしないと思います」

小太りの男は匕首を抜いたが、巨軀の男がたしなめた。最後に、巨軀の男が仙太の顎を殴りつけて、それでけりがついたはずだ。

そのときの様子を話して聞かせた。

「そうか、それならいいが」

源太郎は頷き、

「それにしても仙太の奴は、ほんとうにあちこちで喧嘩をしてきたと感心する。あのまま喧嘩を続けていたら、いつか命を落とすか、逆に相手に怪我をさせてお縄になるか、いずれにしろ、ろくな目に遭わなかったはずだ」

「そう思います。だから三十両で命を買ったのです。よく約束を守ってくれているようですね」

「しかし、仙太に三十両など返せるはずがない。大損ではないのか」

「おすみという娘のためにも仙太を助けてやりたかったのです。ふたりが助かるのなら安いものです」

そう言ったあと、またも藤十郎の胸が疼《うず》く。

こういうことが出来るのも『大和屋』の後《うし》ろ楯《だて》があるからだ。もし、それを失えば、藤十郎は何も出来ない。

改めて、自分ひとりでは無力だと思い知らされた。

「もうしばらく、仙太の見守りをお願いいたします」

「わかった」

藤十郎は腰を浮かせかけたが、

「如月さま」

と、声をかけて座り直した。

「何か」

源太郎が訝しげに顔を向けた。藤十郎の表情から何かを感じ取ったのだろう。

「如月さまはいつか帰参は叶《かな》うのですか」

「わからぬ」

源太郎は寂しそうに首を横に振る。

「もし、叶わなかった場合、どうなさるおつもりで？」

「そうよな。ここで一生暮らすのも悪くないと思っているが、そうもいくまい」

「………」

「まあ、なるようにしかならないということだ」

「叶わなかったら、刀を捨てるという考えはおありですか」

「刀を捨てるか。それもいいかもしれぬな」

源太郎はふと厳しい表情になって、

「藤十郎どの。何かあったな？　近ごろ、そなたの顔に憂いがある。何か悩みがあるとは想像していた。どんなことにも動じないそなたが弱みを見せている。かなり深刻な問題であろうと思っていた」

「ちっぽけな私事です」

「女だな」

「………」

「おつゆどのがどうかしたのか」

藤十郎とおつゆのどうにもならない関わりを、源太郎は知っている。

「屋敷を出て、行方が知れません」

藤十郎は詳しい経緯を話した。

万が一のときには、藤十郎は『万屋』を去らねばならず、そうなれば源太郎も用心棒を続けられなくなる。

「そうであったか」

源太郎は深いため息をついて、

「何かが大きく変わろうとしている時期かもしれぬ。だが、望みは捨てぬことだ。望みさえあれば、いつかきっと」

源太郎は自分自身にも言い聞かせているのかも知れなかった。


翌朝、仙太が訪ねてきた。

「すみません、朝早く」

「いや、構わない」

「詳しいことはいっさい話してくれませんが、おすみさんの母親が、誰かを待っていることを認めました。その男は四十二。額の中央に黒子があるそうです」

「どういう関係かも話さないのか」

「はい。ただ、大事な人というだけです。でも、おすみちゃんはその人のことを快く迎えるそうです」

「そうか、それはよかった」

「ええ、その人が来たら、何もかも話すと、母親は言ってました」

仙太は一方的に言い、引き上げようとした。

「仙太。約束をちゃんと守っているようだな」

「喧嘩ですかえ。へえ、なんだか今となっては、なんであんなばかなことをしていたんだろうと恥ずかしくなります」

「そうか。ごくろうだった」

「へい、では」

仙太は引き上げた。

おとよの待ち人と重吉はどう絡むのだろうか。おとよを訪ねてくる者と助太郎店の様子を窺っていた重吉が無関係とは思えないのだ。

重吉は二十年近く前にこの地に来たことがある。おとよを訪ねてくる者もその頃、この地にいて、おとよと出会っていたのではないか。

もし、そうなら重吉とその男は顔見知りということになるのではないか。おとよは何年かぶりで男に会えると胸を弾ませているのだろうが、その男には秘密がある。そんな気がしてならない。

重吉は何をしていた男か。やはり、それを知るのが重要だ。脳裏を、夜鳴きそば屋の亭主と編笠の武士の姿が掠めた。

　夜鳴きそば屋の亭主は重吉を知っている。そんな気がしてならなかった。

四

　仙太が『万屋』からいったん長屋に帰ると、半治が待っていた。

「仙太さん。すまねえな、すぐ帰ると思って待っていたんだ」

「へえ」

「おすみさんの母親の相手のことはわかったのかえ」

　半治が小声になる。

「いや、わからねえ」

「すでにこっそり来ていて、どこか別の場所で会う約束が出来ているってことはないのか」

「そんなことはないだろう。来たら話すと言っていたから」

　仙太は答えたが、

「でも、半治さん。なんで、そんなことをきくんだ？」

「同じ長屋の住人としちゃ、気になるからな」

半治は口元を歪めた。

「それより、近ごろ、吾平親分を見かけねえが、どうしたんだろうな」

「そういえば、そうだ」

仙太も今、気づいた。

「重吉って男の調べが思うように進んでいないのかもしれねえな」

「そうだろうな。これから仕事だな。気をつけてな」

半治はそう声をかけ、土間を出ていった。

仙太の帰りをわざわざ待っていたにしては、半治の用事は大したことはなかった。いったい、半治は何しに来たのだろうか。

なんとなく腑に落ちないまま、仙太は商売に出た。


きょうも野菜をたくさん仕入れ、精力的に歩き回った。張り切って稼ごうと思っているので、他の棒手振りから凄まれても、今は冷静でいられる。

夕方、上野山下から稲荷町に向かった。途中、車坂町の長屋の路地に入り込むとだいぶ捌《さば》けて、菊屋橋に差しかかったときにはほとんど野菜は残っていなかった。

気分をよくして橋を渡りはじめたとき、橋の真ん中に人相の悪い男が立ちふさがった。

三十前後のようだ。

右に避けようとすると、相手は右に動き、左に避ければ左に寄る。

「すまねえ、先を急ぐんだ」

「おう、仙太。てめえ、俺の弟分を可愛《かわい》がってくれたそうだな」

男が言う。

通行人がふたりを避けて足早に行き過ぎていく。

「弟分……」

仙太は誰だろうと思った。

「すまねえ、俺が何かしたなら謝る。だから通してくれ」

「なんだと、謝るから通せだと」

「ああ、謝る」

仙太は天秤棒を下ろした。

「待て、俺に謝っても仕方ねえ。弟分に謝ってもらおう。やい、どうなんだ？」

「わかった。どこでえ？」

「よし、ついてきな」

男はにやりと笑って仙太の脇を過ぎて橋を渡った。仙太は戻る形になった。

男は新堀川沿いを浅草田圃のほうに向かった。やはり、この前の連中か。化け物のような巨軀の男を助っ人に頼んだ男に違いない。仙太は天秤棒を担ぎながらついていく。

町筋を抜け、寺の多い場所に出た。男は寺と寺の間にある竹藪《たけやぶ》に入っていく。また、あの巨軀の男が待っているのかもしれないと怖じ気づいた。

竹藪の中は真っ暗だ。竹のてっぺんから覗く空が明るい。男が立ち止まって振り返った。仙太も足を止めた。

前方に幾つもの黒い人影が現れた。

「仙太、いつかの礼をさせてもらうぜ」

「待ってくれ。俺は喧嘩しに来たんじゃねえ。謝りに来たんだ」

天秤棒を下ろし、仙太は跪いた。暗くて顔がはっきり見えないので、いつどこでやり合った相手か思い出せない。

「俺が悪かった。このとおりだ」

仙太は頭を地べたにくっつけた。

「謝ってすむと思っているのかえ」

男がいきなり足蹴をした。

仙太は仰向けに倒れた。頭を地べたに打ちつけたが、仙太は起きあがり、また土下座した。

「すまねえ。このとおりだ」

今度は後頭部を蹴られ、地べたに顔面を打ちつけた。目が眩《くら》み、鼻血が飛び出た。それでも仙太は起きあがり、土下座をする。

「なんでえ、手応えのねえ野郎だ」

男が吐き捨て、懐から匕首を取りだした。

「てめえの耳を削《そ》いでやろうか」

仙太の握り拳が震えた。これほど謝っているのに、なんて野郎だ。そう思ったら感情が激してきた。

だが、藤十郎の声が蘇った。喧嘩は厳禁だ。続けて、おすみの声だ。もう二度と喧嘩しないでね。

(おすみちゃん)

仙太は堪えた。

目の前の男が匕首を構えて迫ってくる。本気で刺すつもりだ、と思ったとき、いきなり匕首が宙に飛んだ。

「なにしやんでえ」

男が喚いた。

「匕首なんて出すものではない。それじゃ喧嘩ではなくなる」

ゆっくりと、源太郎が現れた。

「如月さま」

「仙太、だいじょうぶか。立て」

「へい」

「てめえ、何奴だ。邪魔するつもりか」

「おまえたち、まず、名乗ってもらおう」

源太郎は刀を抜いて相手に切っ先を突き付けた。

「なにしやんでえ」

男が後退る。

「おい、おまえたち、匕首を捨てろ。でないと、この男の耳を削ぎ落とすぞ」

「やい、何してるんだ、やれ」

他の四人もいっせいに匕首を抜いて、ひとりが源太郎に向かっていった。が、刀の峰で小手を打たれ、呻き声を上げて匕首を落とした。

「次は誰だ？」

源太郎は残る三人に刀を向ける。

そのとき、黒い布で頰被りをした黒装束の男が暗闇から飛び出し、匕首を構えて仙太に向かって突進してきた。

「おのれ」

源太郎は素早く小柄《こづか》を摑んで投げた。

仙太の目前で小柄が黒装束の男の匕首を持つ腕に突き刺さった。黒装束は呻いて、動きを止めた。

「退《ひ》け」

黒装束の掛け声で、一斉に男たちは散った。

「だいじょうぶか」

源太郎が駆け寄る。

「なんともありません」

「だが、顔が少し腫れている」

顎や顔を蹴られ、顔面から地べたに落ちた。口の中が切れて、鼻血も出て、顔は血と土で汚れている。

「寺の手水場《ちょうずば》で顔を洗ってこい」

「へい」

仙太は境内に入り、手水場の水を杓《ひしゃく》で汲《く》んで手拭いにかける。濡《ぬ》らした手拭いで、顔を拭いた。擦り剝いたところがひりひりする。

源太郎が天秤棒を担いで来た。

「こんな重いものを担いでいるのか。荷がないのに重い」

「これは腰で担ぐんでさ」

と、仙太は天秤棒を担いでみせた。

「なるほど、やはり様になっている」

源太郎が感心する。

新堀川沿いを歩きながら、

「今の連中に心当たりはあるか」

と、源太郎がきいた。

「最初に思い浮かべた男たちとは違いました。どうも思い出せません」

仙太は首をひねった。

喧嘩した相手はだいたい覚えているものだ。だが、竹藪で待っていたのは知らない男たちだった。いくら暗くても近くならわかる。

「違うな」

源太郎が呟く。

「違う？」

「そうだ。喧嘩の仕返しではない」

「えっ。じゃあ、なんだって言うんですかえ」

仙太はきき返す。

「最後に襲い掛かった男は頬被りで黒装束だった。あの身のこなし、ただのごろつきではない」

「…………」

仙太は言葉を失った。

「奴らはおぬしをはじめから殺すつもりだったようだ。心当たりはあるか」

「いえ、何もありません」

仙太は首を横に振った。

「ともかく、長屋まで送っていく」

「菊造親方のところに行って天秤棒と金を返さなきゃ」

「歩けるか」

「なあに、今度は足腰はなんともねえですから」

仙太は顔と後頭部の痛みを堪えながら、三好町まで頑張った。


長屋に帰り、家の腰高障子を開けて土間に入る。

行灯を灯して、

「如月さま、ありがとうございました」

改めて礼を言う。

「うむ。では、俺は引き上げる。おすみさんに手当てを頼め」

「もし」

　仙太は引き止め、

「如月さまは、ほんとにずうっと、あっしの護衛をしてくださってたんですね」

「藤十郎どのに頼まれたからな」

　源太郎はあっさり言って、立ち去った。

　藤十郎さまの気配りだったのかと、仙太は胸を熱くした。三十両をただ同然で貸してくれ、護衛まで……。

　有り難いと、仙太は藤十郎を脳裏に浮かべて手を合わせた。

　そのとき、戸が開いて、

「仙太さん、どうかしたの？」

　おすみが駆け込んできた。

「ちょっと転んだんだ」

「嘘、そんな傷じゃないわ」

「顔だから大袈裟に見えるけど、擦り剝いただけだ」

「だめ、ちゃんと見せて」

　おすみが顔を近づけて仙太の顔の傷を見る。おすみの息が顔にかかり、仙太の心はざわついた。

(おすみちゃん。俺、兄さんなんていやだぜ)

　仙太は心の中で叫んだ。

「えっ、何か言った?」

「いや、なにも」

「そう」

　おすみはやっと離れて、

「よかった。お医者さんの世話にならなくてだいじょうぶそう」

と安堵《あんど》したように言った。

「また、喧嘩の仕返し?」

「いや、どうも違うようだ。よくわからないんだ」

「よくわからないって?」

「たぶん、人違いだったんだろう」

　人違いではないことは、相手が仙太と呼んでいたことからもはっきりしている。だが、命まで狙われる心当たりはない。

「それより、おっかさんのほうはどう?　きょうも誰も来なかった?」

　仙太は声を落とした。

「ええ、来なかったわ」

おすみも表情を曇らせる。

「夕方になって気落ちするおっかさんの姿を見るのが、だんだん辛くなって」

「ほんとうに来るのだろうか」

「おっかさんは、きっと来るって信じているわ」

「そう」

そのとき、半治の家の障子が開く音がした。今、帰ってきたようだ。

「じゃあ、夕餉の支度をするわ」

おすみは自分の家に戻っていった。


その夜、仙太は蒲団に入って、夕方の賊のことを考えた。

源太郎が言うように、喧嘩の仕返しを装っていたが、そうではない。最後に現れた黒装束の男は匕首の扱いに馴《な》れていた。つまり、人を殺してきた人間だ。

最初の五人が仙太を仕留められなかったときに備えて、待機していたのだろう。如月源太郎が現れ、五人の襲撃が失敗に終わるや、黒装束の出番となったのだ。

だが、と仙太は気になった。なぜあの男だけが黒装束に身を包み、黒い布で頬被りをしていたのか。

目を見開いて天井を見つめていたが、仙太はあっと叫んでがばと体を起こした。

黒い布で頬被りをしていたのは顔を隠すためだ。つまり、仙太が知っている男だ。

黒装束の男の背格好を思い出してみる。似ている。半治に似ている。

急に恐怖から背筋に冷たいものが走った。黒装束が真夜中に侵入し、仙太の心ノ臓を一突きにする……。

そんな妄想に襲われ、仙太はあわてて土間に下り、腰高障子に心張り棒を支《か》った。

翌朝、厠《かわや》に行って戻ったとき、半治が自分の家から出てきた。やはり、厠に行くのだ。

「おはようございます」

仙太はさりげなく挨拶した。

「ああ、おはよう」

半治もいつもと変わらぬ調子で応える。

仙太が自分の家に入るとき振り返ると、半治もまた振り返って仙太を見ていた。その顔は、仙太が知っている半治ではなかった。

半治は再び背中を向け厠に向かう。仙太ははっとした。半治は左手を右の二の腕に運んだ。右腕を気にしているようだ。

小柄が刺さった傷……。そんな気がした。

仙太はおすみにちょっと出かけてくると断り、『万屋』に急いだ。

まだ暖簾は出ていないが、小僧が店の前を掃除している。

土間に入ると、敏八も雑巾掛けをしていた。

「藤十郎さまはいらっしゃいますか」

「ちょっとお待ちを」

敏八が奥に引っ込んだ。

すぐ戻ってきて、

「どうぞ、離れのほうに」

敏八は庭に出て離れに案内した。

障子の開け放たれた部屋で、藤十郎と源太郎が差し向かいになっていた。

「ちょうどよかった。上がれ」

源太郎が勧める。

「へい、失礼します」

「きのうはたいへんだったそうですね」

藤十郎が声をかけた。

「如月さまに助けていただきました。藤十郎さまのお気遣いをありがたく思っています」

「それより、何かありましたか」

「へえ。あっしの隣に半治という男がおります。半年前から住んでいます。煙草売りをしているとのことですが、商売道具も見たことはありません」

仙太は半治について話し、

「おすみさんの母親が誰かを待っているということに興味を持っているようでした。今朝、厠に行くとき出会ったのですが、右の二の腕を気にしているようでした」

「小柄の傷か」

源太郎が厳しい顔になる。

「へい、黒装束の男の背格好は半治さんに似ていました。頬被りしていたのはあっしに顔を見られないためじゃないかと」

「よし、あとで俺が確かめてみよう」

源太郎が言うと、

「おそらく、半治はおすみさんの母親のところに現れる男を待っているのに違いない。重吉も同じだったはずだ」

藤十郎が口にした。

「じゃあ、やってくる男っていうのも……」

仙太はあとの言葉を口に出来なかった。

「堅気の人間ではないということだな」

源太郎が仙太の言葉を引き取った。

「わからないことがある」

藤十郎が口にする。

「おそらく、男は十八年ぶりにやってくるはずだ。おすみの母親には何らかの形で知らせがあったかもしれぬが、重吉や半治は、どうして十八年ぶりに男がやってくることがわかったのか」

「おすみちゃんの母親にもそんな知らせが入った形跡はないんですが」

仙太が首をひねる。

「そうだとすると、どうして母親は男のことを知ったのだろうな。重吉や半治も、今男がどこにいるかは摑んでいない。それなのに、あの長屋にやってくると思った。なぜなのか」

と、源太郎も疑問を口にした。

「重吉は二十年近く前にこの地にやってきている。そして、十八年ぶりにおとよに会いに来る男。どうやら、その頃のことが今になって……」

藤十郎が腕組みをして考え込んだ。

いずれ、男がやってくればわかる。だが、重吉や半治のように、おとよ以外にも男を待ち受けている人間がいるのだ。とすればおすみたちが危ない。

「仙太。半治のことは気づかぬふりをしているように」

藤十郎は腕組みを解いて言う。

「へい、わかりやした」

男が現れたら何かが起こる。仙太は思わず拳を握り締めた。そして、近いうちに、男は現れる。そんな気がした。

五

仙太が引き上げ、藤十郎も自分の部屋に戻って外出の支度をはじめた。

藤十郎はまた兄藤一郎から呼び出しを受けた。昨夜、使いが来たのだ。

浅草田圃から入谷に向かう。朝陽を受けて、『大和屋』の屋敷が一際大きく見えた。だが、気のせいか、いつもの輝きに欠けるようだ。

門を入り、玄関に向かう。すでに、そこに兄藤一郎が待っていた。門番が知らせたのだろうが、藤一郎が直々に玄関で待つのは異例のことだ。

「兄上、どうかされましたか」

驚いて、藤十郎は声をかけた。

「いや。じつは父上が弾左衛門どののお屋敷に出かけられた。父上を抜きにそなたと話をすることは妙な誤解を招きかねぬのでな。したがって、ここでそなたを追い返さねばならぬのだ」

「…………」

わざわざ呼び出しておきながら、兄らしくないと思っていると、藤一郎は式台に下りてきて、しゃがんで声をひそめた。

「藤十郎、おつゆの居所がわかった」

「えっ」

「北町奉行所与力戸坂甚兵衛《とさかじんべえ》どのの屋敷にいる」

「戸坂甚兵衛どのですか」

「そうだ」

「どうしてわかったのですか」

「言えぬ」

藤一郎は厳しい顔で言う。

「父上に知られたら、おつゆは力ずくで連れ戻される。それでは、おつゆが不憫《ふびん》だ。その前に、おつゆに会い、説き伏せよ。そなたの言うことなら聞くだろう」

「しかし」

「昨夜、こっそり、ご老中がここに忍んでこられた。幕閣内でくすぶりはじめた『大和屋』不要という意見への対応のためだ。そのことで、今朝早く、父上は弾左衛門どののお屋敷に出かけられたのだ」

「………」

「おつゆの縁組がうまくいけば、『大和屋』不要の訴えを封じ込めることが出来るのだ。このことをよく考えよ」

「兄上、私は……」

「もう、よい。このまま引き上げよ」

藤一郎は立ち上がった。

「よいか。おつゆの居所はいずれ父の耳に入る」

そう言い、藤一郎は奥に向かった。

「兄上」

呼び止めたが、無駄だった。

おつゆが戸坂甚兵衛の屋敷にいることは意外だった。ほんとうに、いるのかどうか、ともかく行ってみる必要がある。

藤十郎は『大和屋』を出て、浅草山之宿町の料理屋『川藤』に寄った。

「吉蔵。手を貸してもらいたい」

「はい」

「いっしょに来てくれ。わけは道々話す」

藤十郎と吉蔵は八丁堀を目指した。

楓川《もみじがわ》にかかる海賊橋を渡ったのは朝の五つ半（午前九時）だった。与力の出勤は四つ（午前十時）だと聞いているので、今なら会えるかもしれないと、藤十郎たちは先を急いだ。

冠木門《かぶきもん》の与力屋敷が並ぶ中で、ようやく戸坂甚兵衛の屋敷を見つけた。

藤十郎は門を入り、玄関に向かった。

「ごめんください」

声をかけると、三十半ばぐらいの品のいい妻女が現れた。普通の武士の屋敷とは違い、与力の屋敷では妻女が玄関に出て、客の応対をする。

「私は『大和屋』から参りました藤十郎と申します」

「藤十郎さまですね。どうぞ、お上がりください」

「えっ」

「おつゆさんから聞いております」

「おつゆはやはりこちらに？」

「はい。さあ、どうぞ」

藤十郎は吉蔵を玄関に待たせ、式台に上がった。

案内されたのは一番奥の部屋だった。

「おつゆさん」

妻女は声をかけて襖を開けた。

「どうぞ」

妻女が促す。

藤十郎は敷居を跨《また》いだ。

「藤十郎さま」

おつゆが目を見開いている。

「おつゆ。ここにいたのか」

藤十郎は駆け寄る。

「会いたかったぞ」

「私も」

おつゆが涙ぐむ。

「私は決めた。そなたを誰にもやらぬ」

藤十郎は思わず口走っていた。

いっときの激情が静まった頃、

「藤十郎どの」

と、声をかけられた。

継裃《つぎかみしも》という出仕支度の武士が部屋の前に立っていた。温厚そうな顔立ちだ。

「戸坂さまでいらっしゃいますね。おつゆがお世話になりました」

「いや、詳しい話は省きます。おつゆさんがここにいることが知られたようです」

「はい。きょうにもここを出ていこうと思います」

「寂しくなりますが、それがいいでしょう」

戸坂甚兵衛がしんみり言う。

「私は出かけなければなりませんので」

「今夜にでも、改めてご挨拶にお伺いいたします」

出かけていく甚兵衛に声をかけた。

改めて、おつゆに顔を向け、

「私といっしょだと目につきやすい。吉蔵が来ている。吉蔵といっしょにここを出るのだ。支度を」

「はい」

おつゆは涙声で頷く。

藤十郎は妻女にわけを話し、あとを吉蔵に任せ、先に甚兵衛の屋敷を引き上げた。

八丁堀から戻った藤十郎は、一膳飯屋『まる屋』の並びにある履物屋の隠居を訪ねた。

庭に通されると、白髪の隠居が植木をいじっていた。

「『万屋』の藤十郎と申します」

声をかけても、聞こえなかったかのように植木に見入っている。藤十郎は待った。

やがて、隠居が振り向いた。

「『万屋』の……」

もう一度、藤十郎が名乗ろうとすると、

「人情質屋の主人藤十郎さんの噂《うわさ》はいつも聞いていますよ。なかなか、出来ることではない」

「恐れ入ります」

「で、何かききたいことがあるそうだが」

「以前、『まる屋』で、ごろつきともめた年寄りを覚えていますか」

「ああ、覚えている。なかなか気性の荒い年寄りだったからな」

隠居は苦笑したが、すぐ顔をしかめ、

「あの年寄りが殺されたそうだな」

「ええ、重吉という名だそうです」

「重吉……」

「二十年近く前に、その重吉さんはご隠居さんに会っているそうですね」

「そんなことを言っていたが、俺はまったく覚えちゃいねえ」

「そうでしょうね。二十年近く前のことですものね。でも、なんで、重吉さんは覚えていたんでしょうね」

「あの男にとっちゃ、印象深いことがあったのかもしれねえな」

「それはなんだと思いますか」

「さあ」

「二十年近く前、この土地で何かありませんでしたか」

「何かとは？」

「何か大きなこと。そうですね、この辺りで大火事があったとか、あるいは大きな喧嘩があったとか」

「二十年近く前ねえ」

「十八年ぐらい前かもしれません」

「十八年前……」

隠居の顔つきが変わった。

「何かあったのですか」

「十八年前、田原町にある『大津屋』に押込みがあった」

「古着屋の『大津屋』さんですか」

「そうだ。そのときはしばらく、奉行所からも火盗改《かとうあらた》めからも人がやってきてたいへんな騒ぎだった」

「で、『大津屋』の被害は？」

「番頭さんが殺され、確か二千両を盗まれたそうだ」

「で、その押込み一味は？」

「なんでも火盗改めが隠れ家を突き止め、全員をその場で斬り伏せた。そう聞いている」

「重吉さんはそのとき、ご隠居に会ったのでは？」

藤十郎はなんとなく重吉の素性がわかったような気がした。

「あの頃、奉行所の役人も火盗改めも周辺で聞き込みをしていたからな。そんな中にいたかもしれん」

隠居は目を細める。

「押込みの一味は全滅したのですか」

「『大津屋』の先代からそう聞いている」

「そうですか」

藤十郎は礼を言って引き上げた。

十八年前、『大津屋』に押込みがあったことが、今回の一連の出来事に結びついてい

い。

一味は全滅というなら、その押込みの一件が十八年経って突如蘇ってくるとは思えない。

藤十郎は念のために、『大津屋』を訪ねた。

「これは『万屋』さんじゃありませんか」

穏やかな顔の主人が出てきた。四十過ぎだが、若々しい。この『大津屋』でおすみは縫い子として働いているのだ。

「お訊ねしたいことがあります」

「なんですね」

「十八年前、『大津屋』さんに押込みがあったとお聞きしました」

「ああ、昔のことですね、ありました。ここじゃ何ですから」

大津屋は藤十郎を客間に通した。

差し向かいになって、藤十郎は改めて切り出す。

「そのときの詳しい話をお聞かせ願えませんか」

「なんでまた?」

大津屋は不思議そうにきいた。

「先日、駒形堂の脇で殺された男が、押込みに何らかの形で関わっているようなのです」

「何らかの形とは？　押込みの一味だと？」

「押込み一味は全滅したと聞きました」

「そうです」

大津屋は大きな目を細め、

「押込みがあったのは私が二十二のときでした。といっても、当時私は勘当の身で、別の場所に女といっしょにいたんですがね」

と、思いだすように話し出した。

「押込みがあったと聞いて、店に戻りました。もう親父《おやじ》やお袋は悄然《しょうぜん》としていました。頼りにしていた番頭が殺され、二千両か三千両を盗まれたんですからね」

「殺されたのは番頭さんだけですか」

「そうです。親父が土蔵の鍵を出し渋ったものだから、見せしめに。その後、火盗改めの与力が、元軽業師《かるわざし》が塀を乗り越えて押込み一味を引き入れたと見抜いて、その軽業師の自白から隠れ家がわかって踏み込んだそうで、抵抗されて全員斬り捨てたそうです」

「そうですか」

「その隠れ家から『大津屋』の刻印のある千両箱がふたつ見つかりました」

大津屋はため息をつき、

「あの事件がきっかけで、私は勘当を解いてもらい、心を入れ替えて商売に向き合うようになったんです」

「そうですか。事件は解決しているわけですね」

「一応は……」

「一応は？」

「じつは、うやむやになってしまったことがあるんです」

「うやむや？」

「親父が言うには、盗まれたのは三千両だと訴えたんですが、隠れ家から見つかったのは二千両。親父が三千両だと強く訴えると、火盗改めの与力が怒って、まるで我らが千両をくすねたように聞こえるではないかと」

大津屋は真顔になって、

「実際のところ、親父は火盗改めを疑っていました。なにしろ、一味は全員死んでいるんです。死人に口なしだと、親父は悔しがっていました。でも、相手が火盗改めじゃどうしようもありません。二千両戻ってきただけでも御の字だと自分に言い聞かせていました。それに、この押込みがきっかけで、私が改心したので、そのことも慰めになったようです」

「実際に、盗まれたのは全部で三千両だったのですか」

「親父は死ぬまでそう言ってました」

「さっき、元軽業師の自白から隠れ家がわかったとおっしゃいましたね」

「そうです」

「隠れ家の一味は全員斬り殺されたということですが、その元軽業師はどうなったのですか」

「遠島だと聞いたことがあります」

「遠島……」

藤十郎は胸が騒いだ。

十八年前に遠島になった男……。押込み一味の中で唯一生きている男がいるかもしれない。

確か、今年の春、将軍家で慶事があった。

恩赦……。

「その元軽業師の名前を覚えていませんか」

「いえ、そこまでは聞いていません」

「そうですか。いろいろありがとうございました」

藤十郎は礼を言って立ち上がった。

『大津屋』を出てから、藤十郎は駒形町の助太郎店に足を向けた。

長屋木戸にやってきたとき、おすみの母親らしい女が木戸の外で人待ち顔に立っていた。

男を待っているのだ。その男が元軽業師かどうかはわからない。しかし、藤十郎はそんな気がしている。

おとよは男が島に流されたことを知っていた。もし恩赦があれば、島から帰ることが出来る。その期待を持ってこの十八年を待っていたのではないか。

そして、ついに恩赦が出た。だから、男は江戸に帰って来られる。帰ってきたら、必ず会いにくる。おとよはそう信じている。

大通りから男が曲がってくるたびに、おとよは数歩歩みだす。おとよの顔には期待と不安が入り交じっていた。

第四章　再会

一

その夜、藤十郎は再び八丁堀の戸坂甚兵衛の屋敷を訪ねた。

客間で、甚兵衛と差し向かい、改めておつゆが世話になった礼を述べた。

「で、おつゆどのはどこぞに落ち着かれましたか」

甚兵衛が穏やかな口調できいた。

「はい。無事に」

「そうですか」

吉蔵はあのあと、船と駕籠を乗り継ぎ、おつゆをおときの嫁ぎ先である巣鴨村の庄屋の屋敷に送り届けたのだ。

「どういう縁で、おつゆはこちらに?」

「どうか、そのことはご容赦願いたい。『大和屋』さんに隠し通したいなら、藤十郎どのは知らないほうが。ただ、おつゆさんの身を心から案じている人から頼まれただけ」

甚兵衛はにこやかに言う。

どこか甚兵衛の言葉は歯切れが悪いような気がしたが、おつゆを匿ったことを知られたら『大和屋』に対する甚兵衛の立場がなくなるだろう。

「わかりました」

「どうかうまくいくように祈っております」

「ありがとうございます」

藤十郎は頭を下げ、

「戸坂さま、今年は将軍家で慶事がありましたね。それに伴い、ご恩赦もありましたね」

「そうです」

将軍家の慶事は触書《ふれがき》で町年寄から庶民にも知らされている。

「当然、島から帰った者もいるはずですね」

「何人か帰ってきました。なにか」

「はい。十八年前、田原町の『大津屋』に押込みに入った賊の中のひとりが遠島になったと聞いております」

「修次《しゆうじ》ですね」

「ご存じですか」

藤十郎は驚いた。

「一応、与力として恩赦になる者の名簿を見ましたから」

「修次は『大津屋』の押込み一味なのですね」

「そうです。押込みの手引きをしたことで火盗改めに捕まったのですが、裁きは奉行所で行ないました。修次は恩赦があれば赦《ゆる》される遠島でした。二十年近くたち、島での行状もよく、恩赦の対象になったようです」

なぜ、甚兵衛は『大津屋』の押込みの件に詳しいのだろうかと不思議に思った。

「修次に血縁の者は？」

「いないようです」

甚兵衛はふと目を細め、

「何かこの件で？」

と、逆にきいてきた。

「いえ。ただ、先日、重吉という男が駒形堂の脇で殺されました。この重吉は十八年前の押込みを調べていた人間のように思えるのです」

「岡っ引きですか」

「いえ、おそらく、火盗改めの手先ではないかと」

「ほう」

「押込み一味のひとりが島から帰ってくる時期と重なっていたので、ちょっと気になりました」

「そうですか。あの『大津屋』の押込みは火盗改めの務めとなって、奉行所は直接には関わっていません。あの押込みを詳しく知る人間は、残念ながら奉行所にはいません。一味は修次以外、全員殺されましたからね」

甚兵衛は申し訳なさそうに言った。

「そうですか。押込みにあった『大津屋』の主人は、盗まれたのは三千両だと言っていたようですが、一味の隠れ家で見つかったのは二千両。この食い違いも気になります」

「隠れ家で見つかったのはほんとうに二千両だったようです」

甚兵衛があっさり答える。

藤十郎は奇妙に思った。十八年前の押込みを、直接に関わったわけではない甚兵衛がなぜ、こうはっきり覚えているのか。

「失礼ですが、戸坂さまはなぜそのようにはっきり覚えていらっしゃるのですか」

「それは……」

甚兵衛は困ったような顔をして、

「じつは、私も少し関わったことがあるのです」

「えっ、関わった？」

「いえ、事件に直接ではありません」

　甚兵衛は断ってから、

「当時、私は当番方の新米与力でしたが、『大津屋』の押込みの探索で、火盗改めが盗賊全員を斬り殺したことが、奉行所内で問題になったのです」

「問題に？」

「はじめから殺すことが目的だったような探索に、奉行所の同心から異議が出ましてね。それまで奉行所でも同じ盗賊の仕業と思われる押込みの探索をしていました。ですから、生きて捕まえれば、それまでの余罪の追及も出来たのでしょうが、全員殺してしまったため、他の押込みの探索が頓挫してしまったのです。そのとき同心のひとりが、火盗改めが盗まれた金のうち一千両をくすねたのではないか、その罪を隠すため全員を殺したのではないかと騒ぎ出しました。すると、日頃の鬱積が噴き出たように、いっせいに火盗改めへの非難が……」

「そんなことがあったのですか」

「ええ。火盗改め側もあわてたようで、その釈明のために、火盗改めの筆頭与力が奉行所を訪ねてきたのです」

　甚兵衛は当時のことを思い出しながら続ける。

「僅かな人数の火盗改めが隠れ家を急襲したとき、隠れ家には近くの百姓家の娘が数人連れ込まれており、大勢で手込めにしようとしていたそうです。それで止むなく、火盗改めは突入し、反撃してきた相手を斬るしかなかった。そういう話でした」

どこに甚兵衛が出てくるのかと不思議に思っていると、藤十郎の疑念を察したように、

「じつは、火盗改め側の言い分が正しいかどうかの調べを私も任されたのです」

「そうだったのですか」

「ええ、それほど大事《おおごと》になっていたのです。先輩の与力とともに、助け出された娘たちや騒ぎに駆けつけた近所の者たちの話を聞いて、火盗改め側の言い分が事実だとわかりました。金が二千両しかなかったということも確かめられました」

「そういうことがあったのですか」

藤十郎は合点した。

「ええ。ですから、藤十郎どのが『大津屋』の件を口にされたときはびっくりしました」

甚兵衛は苦笑したが、すぐ真顔になって、

「しかし、修次が江戸に帰ってきた同じときに、当時の事件に関わっていたかもしれない男が殺されたというのは、何かあると思ってしまいますね」

「ええ」

「まさか、修次が……」

「ところで、今の火盗改めは当時の火盗改めの組とは人が違うのですね」

「ええ、今の火盗改めは三年前からです。当時の火盗改役は元の御先手組《おさきてぐみ》の務めに戻っ

ています」

「すると、今の火盗改めは『大津屋』の押込みを知らないでしょうね」

「知らないと思います」

「今の火盗改めの役所はどちらに？」

「お茶の水です」

一ノ橋の袂に屋台を出している夜鳴きそば屋の亭主と話していた編笠の武士は、淡路坂を上がり、お茶の水の辺りの屋敷に入った。やはり、火盗改めだったに違いない。

だが、当時の火盗改めではない。

「十八年前、奉行所に釈明にきた火盗改めの筆頭与力のお名前を覚えていらっしゃいますか」

「覚えています。大野甚兵衛《おおのじんべえ》どの。私と同じ名だったので、よく覚えています」

「大野甚兵衛どのですか。当時、三十……」

「三十半ば。今は五十半ばになっていますね」

「そうですか。わかりました。おつゆのことで御礼を申し上げに来たつもりがよけいなことをお訊ねして、申し訳ありませんでした」

「いえ。おかげで懐かしい思い出に浸れました」

玄関まで見送りを受けて、藤十郎は甚兵衛の屋敷を辞去した。

夜遅くではあったが、どうしても確かめたい思いが勝り、藤十郎は永代橋《えいたいばし》を渡って佐《さ》賀町《がちょう》を抜け、大川沿いを本所に向かった。

小名木川を越え、やがて一ッ目弁天の常夜灯が見え、一ノ橋にやってきた。だが、夜鳴きそば屋の提灯の明かりは見えない。

場所を移動したのだ。橋を渡り、藤十郎は迷った。竪川沿いを東に向かったかなたに微《かす》かに明かりが見えたからだ。

二ノ橋に出ていた屋台は天ぷら屋だった。さらに三ノ橋のほうに向かうと、橋の袂に屋台が出ている。

そば屋だ。近づくと、亭主がじっとこっちを見てきた。

「今夜はここに出ていたのですか」

藤十郎は亭主に声をかける。

「この時間はこっちに移動します」

「そうですか。かけをもらいましょうか」

藤十郎は注文する。

「旦那。先日、重吉のことでやってきた御方ですね」

亭主は警戒ぎみにきいた。

「覚えていてくれましたか」

「その後、何かわかりましたかえ」

亭主は窺うような上目づかいになった。

「少しわかってきました」

「そうですか」

「重吉はおそらく、ご亭主と同じお役目をしていたんだと思います」

藤十郎は手応えを確かめようとした。

「あっしと同じ？」

亭主は顔色を変えた。

「ええ」

「そば屋ってことですかえ」

「もうひとつのほうです」

「…………」

「とぼけるおつもりですか」

「いってえ、何のことですね」

亭主は狼狽《ろうばい》を隠してきく。

「この前の編笠のお武家、お茶の水の役宅に帰っていかれました」

「何の話だ？」

「この前、あのお武家は一ツ目弁天の境内であなたと会ったあと、お茶の水に帰っていかれました」

「お客さん、あんた何者なんだ？」

亭主は険しい顔になった。

「図星ですか」

「てめえ」

亭主は眦をつり上げた。

「おや。おそばは？」

「そんなことどうでもいい。あんた、八つ頭の友蔵の手の者か」

「八つ頭……」

吾平が言っていた盗賊だ。

吾平は今、入江町にある『扇屋』を見張っている。入江町はこの先だ。火盗改めも吾平と同じことを考えて警戒しているのだろうか。

「私は田原町で質屋をやっている者です。八つ頭の友蔵なる者とは縁がない」

藤十郎はきっぱりと言う。

「じゃあ、なぜ、あっしのところに？」

「昔、重吉が火盗改めの密偵だったことを知ってますね」

藤十郎はずばりきいた。

「本人がそう言っていたのを聞いただけだ。五年前に体を壊してやめたが、長い間、続けていたそうだ。だが、ほんとうのことを言っているかどうかはわからねえ」

やはり、重吉は密偵だったのだ。八丁堀の同心が使っている岡っ引きと同じようなものだ。

「なんで、重吉がご亭主にそんな話を？」

「賭場の帰り、蛇《じゃ》の道は蛇《へび》だと言って俺に近づいてきた。それから、ときたま、この屋台にやってきた」

「何のために？」

「わからねえ」

「いつもどんな話を？」

「世間話だ」

「儲《もう》け話をしていませんでしたか」

「…………」

「どうですか」

「していた。だが、眉唾だ」

「どんな？」

「千両が手に入ると」

「千両……。どんなことをやれば手に入ると？」

「聞いちゃいねえ。あんな老いぼれにそんな大それたことは出来そうもないからな」

亭主は蔑むように言う。

「では、信用しなかったんですね」

「出来やしねえ」

「つまり、重吉はあなたを仲間に引き入れようとしたが、あなたは取り合わなかった？」

「そうだ」

「重吉は柳行李の中に五両を隠していたそうです。どこから手に入れたか、わかりませんか」

「知らねえ」

「さっき、八つ頭の友蔵の話をしてましたね」

「それが、どうした？」

「ここで店を出しているのは、何か理由でも？」

「おまえさんに話す必要はねえ」

「ひょっとして、重吉が何か話したのでは？」

「あの男がしたのは一千両の儲け話だけだ」

「そうですか」

川っぷちの暗がりに人影が見えた。だが、近づいてこようとしない。武士のようだ、先日の編笠の武士かもしれない。

「とうとうおそばを食いそびれました」

藤十郎は言い、屋台から離れた。

来た道を戻ると、やはりさっきの人影がついてきた。藤十郎はわざとつけさせ、『万屋』まで案内するように戻った。

店の前で振り返り、近くの暗くなった商家の陰から様子を窺っている人影に向かって、

「私はこの店の主《あるじ》です」

声をかけた。

藤十郎はしばらく暗闇に対していたが、やがて気配が消えた。先日の編笠の武士に違いなかった。

二

翌日、藤十郎は駒形町の助太郎店に行った。すでに、おすみは出かけ、仙太も仕事に出かけたあとだった。

藤十郎はおすみの家の腰高障子に手をかけ、

「ごめん下さい」

声をかけて開けた。

おとよが上がり框に立ち、落胆したようにため息をついた。

「がっかりさせてしまったようですね」

藤十郎は声をかけた。

「いえ、申し訳ありません。あなたは……」

「はい、『万屋』の主、藤十郎と申します。少し、お話をしたいのですが」

「ええ、どうぞ」

おとよは上がり框に座るように勧めた。

「では、失礼して」

藤十郎が腰を下ろすと、おとよは正座した。

「不躾《ぶしつけ》にお訊ねしますが、あなたは元軽業師の修次という人を……」

最後まで聞かぬうちに、おとよの顔色が変わってきた。

「やはり、あなたが待っているのは修次さんなのですね」

「どうして……」

おとよが唖然としてきく。

「修次さんが島から帰ってくると、どうしてわかったのですか」

「お触れで恩赦があると知るたびに待っていました。でも、いつも帰ってきませんでした」

「では、ほんとうに帰ってくるかどうかはっきりしないまま、待っていたのですか。誰かから知らされたわけではなくて」

「はい。今度こそはと思いながら……。でも、今度も無理だったようですね」

おとよははかなく笑う。

「修次さんは島から帰ったら、あなたに会いに来ることになっていたのですか」

藤十郎は確かめる。

「はい。必ず」

「どうして、そう言い切れるのですか。十八年の島暮らしで、修次さんの気持ちも変わっているかもしれません」

「必ず、帰ってきます」

「それほど信じるのは、おすみさんがいるからですね」

「………」

おとよは俯いた。

「おすみさんはあなたと修次さんとの……」

「違います」

おとよの声は弱々しい。

やはり、おすみの父親なのだ。だが、島帰りの男が父親だとは、おすみのためにも言えないのだろう。

「あなたが、この家から決して引っ越そうとしなかったのは、修次さんがここに帰ってくるからですか」

「そうです。修次さんは火盗改めに自訴する前、必ずここにいてくれと言い残して、出ていきました。だから、ここにいれば必ず戻ってくる、そう信じています」

「火盗改めはあなたのことを知っていたのですか」

「いえ。知らなかったはずです」

「あの当時、火盗改めの密偵が動き回っていたのですが、あなたに近づいて来たことはありませんでしたか」

「いえ」

「この家にはどうして？」

「修次さんの知り合いのおじいさんの家でした。修次さんはここに私を連れてきて、ここで子どもを産むようにと。その後、おじいさんが亡くなったあとも、修次さんの言いつけを守ってここに住み続けました」

「しかし、帰ってくるかどうか、心配だったのではないですか」

「私は待つだけでした。罪を償って必ずここに帰ってくる。その修次さんの言葉が私の生きる支えでした」

おとよは身を乗り出し、

「修次さんはやっぱり今度も、御赦免にはならなかったのでしょうか」

すがるようにきく。

「おとよさん。あなたは、修次さんが何をしたのか知っていましたか」

「はい。『大津屋』さんに押し込んだそうです」

「おすみさんは、その『大津屋』さんで縫い子として働いているのですね」

「はい。修次さんが押込みを手伝った『大津屋』におすみが世話になっていることに、心苦しさをずっと覚えながら今日まで来ました」

おとよは消え入りそうな声で答えた。

「修次さんが帰ってきたら、あなたはおすみさんにどこまで話すおつもりですか」

「わかりません」

おとよは泣きそうな顔になった。

「ところで」

藤十郎は話を変えた。

「押込み一味の隠れ家から二千両が見つかったそうですが、『大津屋』のご主人は、奪われたのは三千両だと言っていたそうです」

「…………」

「『大津屋』のご主人の思い違いということで落着しましたが、もし、ご主人の言うことが正しかったとしたら、一千両がどこかに隠されたままということも考えられます。この一千両の話を修次さんから聞いたことはありますか」

「いえ、何も」

おとよは首を横に振る。

「そうですか」

「修次さんがそのお金を隠したというのですか。まさか、そんな」

「事実はわかりません。でも、当時事件に関わった人たちの中には、そう考えている人間もいたかもしれません」

「まあ」

おとよは息を呑む。

「おとよさん。よく、お聞きください。赦免者の名簿には修次さんの名があったそうです。修次さんは赦免されています」

「じゃあ、江戸に帰っているんですね」

「ええ。でも、すぐには会いに来られないのだと思います」

「なぜですか」

「一千両のことで、修次さんを付け狙っている人間がいるからではないかと思われます」

「…………」

おとよは目が眩んだかのように、畳に手をついた。

「修次さんの顔の特徴を教えていただけませんか」

「十八年経って変わっているかもわかりませんが、小柄で、顔は細くて小さく、額に大きな黒子がありました」

「今はおいくつでしょうか」

「四十二です」

「もし、修次さんが帰ってきたら、修次さんに私のことをお話しください、そして、仙太さんを介してでも私に知らせてください。お力になりますから、必ず」

藤十郎はおとよに念を押して引き上げた。

『万屋』に帰ると、店の上がり框に武士が座っていた。藤十郎に気づいて、立ち上がる。敏八がすかさず、帳場格子の中から中腰になって、

「最前からお待ちです」

と、藤十郎に声をかけた。

「拙者、火盗改め与力成田周一郎《なりたしゆういちろう》と申す」

目元のすっきりした男だった。三十を幾つも出ていないようだ。

「昨夜の御方ですね」

ずっとつけさせた編笠の武士だ。

「さよう。話がしたい」

「どうぞ」

藤十郎は成田周一郎を客間に招じた。

「経緯は、夜鳴きそば屋の亭主から聞いた。おぬしは、重吉のことを調べているそうだが」

差し向かいになるなり、いきなり周一郎がきいた。

「はい。重吉は駒形堂の脇で殺されました。重吉は十八年前に駒形町にやってきていました。火盗改めの密偵として、『大津屋』の事件の探索をしていたようです」

「うむ。我らは重吉が昔、火盗改めの密偵をしていたことは知らない。重吉のほうから

夜鳴きそば屋の亭主に声をかけてきて、一千両の儲け話を持ちかけたそうだ。だが、亭主は断った。というのも、おぬしが推察したように、我らは八つ頭の友蔵の探索をしているからだ」

「そうですか」

「入江町に『扇屋』という鼻緒問屋がある。先代が二年前に木場で倒れてきた材木の下敷きになって亡くなったあと、内儀の兄が乗り込んできて主人に納まっている。だが、どうもふたりは兄と妹ではない。先代が材木の下敷きになったというのも事故として不自然なことがある。そこで調べていくうちに、今の主人が八つ頭の友蔵ではないかという疑いが生じた。それで、内偵を進めていた」

周一郎は息を継ぎ、

「ところが、最近になって北町の同心がやはり『扇屋』に目をつけ、斜向かいにある商家の二階を借りて見張りを続けていることがわかった」

吾平の動きは火盗改めに見抜かれていたようだ。

「しかし、どうも北町の同心は『扇屋』の主人を八つ頭の友蔵と疑っているのではなく、八つ頭の友蔵一味が『扇屋』に狙いを定めていると思っているようなのだ」

確かに、そのとおりだ。吾平は平吉という男が『扇屋』に奉公人としてもぐり込んでいて、いずれ一味を引き入れると考えている。

「きくところによると、おぬしは岡っ引きの吾平と親しいという。おぬしから、吾平に『扇屋』から手を引くように話してはもらえまいか」

「私から？」

「そうだ。北町の同心や吾平の見方は間違っている。それなのに、あのように見張りを続けられては我らにとって迷惑であり、『扇屋』に気づかれる恐れがあるのだ」

「お言葉をお返しするようですが、今のお話は火盗改めと北町の問題。一介の質屋の主人が口出しするようなことではないように思えますが」

「いや、おぬしはただの質屋ではない。『大和屋』の人間」

「…………」

「功名争いととられるかもしれないが、八つ頭の友蔵一味を壊滅させる好機を、みすみす失いたくないのだ」

「近々、『扇屋』に踏み込むおつもりですか」

「今、八つ頭の友蔵の顔を知っている男を探しているところだ。『扇屋』の主人が友蔵だとはっきりしたら踏み込む」

「火盗改めは奉行所とは違い、多少でも疑いがあれば容赦なく捕縛し、拷問にかけて事件を解決すると聞いていますが」

藤十郎はあえて皮肉を込めて言った。

「そこまで強引ではない。ちゃんとした証のもとに動く。冤罪《えんざい》は許されぬからな。そうはいってても極悪人をいつまでも野放しにしておくことは、また犠牲者が出ることになる」

周一郎は声を高め、

「この通りだ。頼まれてくれ」

と叫ぶように言い、頭を下げた。

「わかりました。聞き分けてくれるかどうかはわかりませんが、お話だけはしておきましょう」

「かたじけない」

「ところで、成田さま」

藤十郎は口調を変えた。

「御先手組の大野甚兵衛どのをご存じではありませんか。今は、五十半ばぐらいかと思いますが」

「名は聞いたことがある。昔、組頭さまが火盗改役になられたとき、かなり辣腕を振るわれた御方と聞いている」

「その御方が今、どこにおられるのか調べていただけませぬか」

「大野甚兵衛どののことを？」

周一郎は不思議そうな顔をした。が、すぐ、頷いた。

「わかった。調べよう。その代わり、先前のこと、よろしく頼む」

「わかりました」

藤十郎は応じた。


夕方になって、吾平が『万屋』にやってきた。自身番を介して言伝《ことづ》てを頼んだのだ。

藤十郎は吾平と客間で向かい合った。

「親分、『扇屋』のほうはいかがですか」

「いえ。まだ、動きはありません」

「火盗改めも『扇屋』に目をつけていることをご存じですか」

「えっ、火盗改めが?」

やはり、気づいていなかったようだ。

「それも、親分たちよりも早く」

「…………」

吾平が顔色を変えた。

「一ノ橋の袂に出ていた夜鳴きそば屋の亭主は、火盗改めの密偵です」

「なんですって」

「それから、重吉も五年前まで火盗改めの密偵をしていたようです」

「………」

　吾平は唖然としていた。

「今朝、火盗改めの成田周一郎という与力が私のところに来ました。成田どのが言うには、『扇屋』の主人こそ八つ頭の友蔵だと言っていました」

「やはり、そうでしたか」

　吾平は目を剝いて言う。

「お気づきでしたか」

「いえ。ただ、先代の事故死のあと、内儀の兄が『扇屋』に入り込んだと聞き、何かあるのではないかと調べていたところです。まさか、主人が八つ頭の友蔵本人だとは想像もしていませんでした」

「親分、成田どのは手を引いてもらいたいそうです」

「なんですって」

　吾平は気色ばむ。

「冗談じゃありません。あっしらだって八つ頭の友蔵を追っているんです」

「火盗改めは『扇屋』の主人が八つ頭の友蔵だとはっきりしたら、踏み込むつもりです」

「なら、あっしらだって」

「踏み込みますか」

「それは……」

「『扇屋』の主人が八つ頭の友蔵だとはっきりしない限り、親分とて何も出来ないでしょう。その間に、火盗改めが先に踏み込んでしまいます」

「しかし、だからと言って、手を引けなど」

吾平は不満を露《あらわ》にした。

「親分、よく聞いてください」

藤十郎は居住まいを正した。

「おすみの母親が待っている人がわかりました。十八年前、『大津屋』に押し入った押込み一味の修次という男です」

「修次……」

「軽業師だったようです。『大津屋』の塀を乗り越え、押込み一味を引き入れた男です。一味は番頭を殺し、三千両を奪った。ところが、修次は自分のやったことが怖くなって火盗改めに自訴した。そのため、火盗改めが隠れ家を急襲し、修次以外の全員を斬り捨ててしまったのです」

「なんと」

「修次は自訴し隠れ家を自白したことで死罪を免れ、遠島になりました。遠島なら恩赦があれば赦されます。そして、今年の春、将軍家で慶事があり、修次は赦免になったのです」

「修次とおとよは、どのような関係なんですかえ」

吾平がきいた。

「修次はおすみの父親だそうです。でも、おとよはおすみには父親であることを隠し通そうとしています。島流しに遭った男を父親だとは言えないのでしょう」

「そういうことですか、よくわかります」

吾平は頷いて言う。

「しかし、これだけなら、ただ赦免になって修次が帰ってくるだけのこと。でも、それだけじゃ済まない問題があるのです」

藤十郎は間をとって続けた。

「火盗改めは隠れ家を急襲して一味全員を殺したあと、『大津屋』の刻印のある千両箱をふたつ見つけ出したそうです。ところが、『大津屋』では三千両盗まれたと言い張っていたそうです」

「どういうことですかえ、三千両盗まれたのに返ってきたのは二千両。じゃあ、あとの一千両はどうしたって言うんですかえ」

「わからないままです。しかし、重吉が助太郎店を覗き込んでいたのは、修次が帰ってきたかどうかを確かめるためだったのではないでしょうか」

「確かめる？」

「懐かしさから、修次に会いたかったわけではないでしょう」

「一千両……」

「そうだと思います。重吉は修次が一千両のありかを知っている、と考えた。はっきり言えば、修次が一千両を隠したと見ていたんじゃないでしょうか」

「じゃあ、重吉は誰に殺されたっていうんですか。やはり、修次が……」

「いえ、修次ではありません。重吉以外に、一千両の件で修次を待っている人間がいるに違いありません」

「誰なんでしょう」

「わかりません。少なくとも、十八年前の押込みの顚末《てんまつ》を知っている人間です。もしかしたら、他の盗賊も気づいていたのかもしれません」

「なるほど」

「仙太の隣に住んでいる半治という男は、修次を待ち伏せているのかもしれません」

「ひょっとして、あの男が重吉を……」

「そうかもしれません。親分、修次さんが帰ってきたら、何かが起こりそうです。八つ頭の友蔵の件は火盗改めに任せ、修次のほうに力を注いでいただけませぬか」

「わかりやした。そういう事情なら、友蔵のほうは諦めましょう。近田の旦那にも話して、『扇屋』の見張りから撤収します」

「修次は何かを警戒し、長屋に近づけないのかもしれません。四十二歳で、小柄。顔は細くて小さく、額に大きな黒子があるそうです」

「わかりました。では」

吾平は急いで部屋を出ていった。

それにしても、修次はどうしているのだろうか。もし、修次を見張っている連中がいたとしたら、赦免船が着いたときから見張っていたのではないか。修次はその連中から逃げ回っているのかもしれないと思った。

三

その日、仙太は野菜を売り尽くし、三好町の菊造親方に天秤棒と借賃を返し、駒形町に急いだ。

暮六つ(午後六時)の鐘が鳴りはじめた。仙太は駒形町に差しかかったとき、目の前を小柄な網代笠《あじろがさ》の僧が歩いているのを見た。

托鉢僧《たくはつそう》だろうと思っていると、曲がり角で立ち止まり、長屋のほうに目をやった。だが、托鉢僧はすぐに踵を返した。

目の前に仙太がいたため、托鉢僧は驚いたように足を止め、顔を上げた。仙太を見て、托鉢僧は安心したように、

「失礼いたしました」

と、すれ違っていった。

長屋のほうから遊び人ふうの男が托鉢僧を追うように走ってきて、仙太を追い抜いていった。

まさか、と思ったとき、仙太は走り出していた。

托鉢僧は黒船町の角を曲がり、大川のほうに向かっている。遊び人も角を曲がった。仙太は走った。

托鉢僧が大川端で立ち止まっている。大柄な頭巾をかぶった侍が立ち塞がっていた。先回りをしたようだ。遊び人が追いついた。

仙太は暗がりに身を隠しながら近づく。托鉢僧に危険が及びそうならすぐにでも飛び出していくつもりだった。

「修次、逃げても無駄だ」

大柄な侍が声をかける。

「なぜ、追いかけてくるのだ。俺は知らないと言ったはずだ」

「隠しても無駄だ」

「知らないものは知らない」

「そうか。わかった。明日の昼に、不忍池の辺にある善行寺まで品物を持ってこい」

「知らないと言っているだろう」

「おとよという女と引き換えだ」

「おとよ？」

託鉢僧が悲鳴に近い声を上げた。

「きさま」

「では、明日待っている」

仙太は急いで長屋に帰った。

おすみの家に駆け込む。

「あっ、仙太さん」

おすみが土間に立っていた。

「おっかさんは？」

仙太は奥を確かめてから、きいた。

「私が帰ってきたときから、いなかったの」

そのとき、腰高障子が開いた。

網代笠をはずした托鉢僧があわてた顔で立っていた。額に大きな黒子がある。

「おとよさんは？」

「いません」

仙太は答える。

「あなたはひょっとして……」

おすみが托鉢僧に顔を向けた。

「おまえさんはおとよさんの……」

托鉢僧の目が見開かれている。

そこに向かいのかみさんが現れ、

「おとよさんなら、半治さんといっしょに出かけたけど」

「半治さんと」

仙太は隣の半治の家の腰高障子を開けた。

半治はいなかった。もともと何もない部屋だったが、なぜか半治はもうここには戻ってこない気がした。

「待ってください」

おすみの叫ぶ声に、仙太は半治の家を飛び出した。

おすみが路地に出て、木戸のほうを見ていた。

「どうした？」

「あの人、出ていってしまったわ。あの人なのね、おっかさんが待っていた人」

「そうだ、あの人だ」

「それより、おっかさん、どうしたのかしら」

おすみが不安そうにきいた。

「何者かに連れ去られたみたいだ」

「えっ」

おすみが息を呑む。

「おすみちゃん、心配しないで。いいかい、ここで待っててくれ。藤十郎さまに知らせてくる」

仙太は長屋を飛び出した。

田原町の『万屋』に駆け込む。暖簾は下がっていたが、店では敏八がすでに帳簿の整理をしていた。

「藤十郎さまはいらっしゃいますか」

仙太が息せき切って言う。

藤十郎が奥から出てきた。

「何かあったのか」

「おとよさんが何者かに連れ去られました」

「おとよさんが……」

藤十郎がかっと目を見開き、

「詳しいことを話せ」

と、急かした。

「はい、あっしが長屋に帰ってくる途中、網代笠をかぶった小柄な托鉢僧がいました。その托鉢僧を待ち構えていた侍と遊び人ふうの男がいて……」

そのときの様子を話した。

「侍が、明日の昼、不忍池の辺にある善行寺まで品物を持ってこい、おとよという女と引き換えだと言うのを聞いて、あわてて長屋に戻ったら、おすみちゃんがおっかさんがいないと。半治が連れ出したそうです」

「で、托鉢僧は?」

「出ていってしまいました」

「修次だ」

藤十郎が呟いた。

「ご存じなんですか。侍も、托鉢僧を修次と呼んでいました」

「明日の昼に不忍池の辺にある善行寺だな」

「はい」

「わかった、行ってみよう」

「あっしも行きます」

「早く帰って、おすみをなぐさめてやりなさい」

「はい」

「待て」

藤十郎が引き止めた。

「いずれわかることだ。仙太には話しておこう。ただし、おすみに話すかどうかは、そなたが考えよ」

「はい」

仙太は緊張した。

「修次は島帰りだ」

「しまがえり？」

「十八年前、そこの『大津屋』に押込みが入った。修次はその一味だ」

藤十郎は押込みが火盗改めに殺されるまでの一部始終を話した。

「島送りになっていた修次はようやく赦免になって江戸に帰ってきた。だが、修次を待っていたのはおとよさんだけでなく、一千両を手に入れようとする輩もだ」

「善行寺まで持ってこいという品物は千両箱のことですか」

仙太は啞然とする。

「そうだ。話はこれですべてだ。早く、帰ってやれ」

「はい」

仙太は戸口に向かいかけて、ふと足を止めた。

「藤十郎さま」

仙太は振り向いた。

「修次さんは、ひょっとしておすみちゃんの……」

「仙太。そのことは今は考えるな。おとよさんを助けることが先決だ」

藤十郎は諭すように言う。

その言い方が気になったが、仙太は素直に引き下がった。

「では、失礼します」

仙太は再び、夜道を駆けて長屋に戻った。

おすみは部屋で悄然としていた。

「おすみちゃん、だいじょうぶだ。藤十郎さまも力を貸してくださるんだ。だから、気をしっかり持って」

「ええ」

おすみは涙ぐみながら、

「おっかさんが待っていた人って何をやった人なの?」

「………」

「仙太さん、知っているのね。教えて」

「うむ」

仙太は迷った。おすみに話すかどうかは、そなたが考えよ。藤十郎の言葉を思い出した。

「仙太さん、どうしたの? 私に隠し事?」

「そうじゃない」

あわてて、

「驚かないで聞いてくれ」

と、前置きして藤十郎から聞いた話を語った。

「十八年前、『大津屋』に押込みが入って、三千両盗まれたそうだ。その押込みの一味がさっきの人だ。修次さんという」

「………」

おすみは息を呑んだ。

「修次さんは怖くなって自訴し、一味の隠れ家を教えたそうだ。それで罪が少し軽くなって遠島になった。今年、赦免になって島から帰ってきたんだ」

おすみは厳しい顔で虚空を見つめていた。

「おすみちゃん、どうした？」

「仙太さん」

おすみが青ざめた顔を向けた。

「その修次って人、もしかしたら私の……」

「いや、知らない。藤十郎さまは何も言っていなかった」

そのことは今は考えるな。またも、藤十郎の言葉が蘇る。もし、聞いていたら、隠し通せなかったろう。

「そう……」

「おすみちゃん。今はそんなよけいなことを考えないで。さあ、もう遅いからお休み」

仙太はいたわるように言い、

「俺が出たら心張り棒をすぐかけるんだ。いいね」

仙太は立ち上がった。

土間に下りたとき、

「ここにいて」

と、おすみが訴えた。

「えっ？」

「ひとりじゃ心細いわ。仙太さん、ここにいて」

「だって、俺は……」

仙太は当惑気味に、

「だめ？」

「だめじゃない。けど、俺は男だ。おすみちゃんは、俺を兄のように慕ってくれているだけだろうが、俺は違う。おすみちゃんは妹なんかじゃないんだ」

はっとした。俺は何を言っているんだ。

「私だって、仙太さんのこと、お兄さんだと思ってないわ」

「おすみちゃん」

仙太は部屋に駆け上がり、おすみの肩を抱き寄せた。

「おすみちゃん、俺はずっとおすみちゃんのことが……」

仙太は夢中で思いの丈を口にしていた。


翌日の昼前、仙太と藤十郎は不忍池の辺の善行寺に向かった。仙太は境内の植込みの陰に身を隠し、藤十郎は山門の外から様子を窺っていた。

四半刻（三十分）後、托鉢僧の格好のまま、修次が山門に現れた。まだ、昨日の武士はやってきていないようだ。

男がひとり、修次に近づいていく。目を凝らす。やはり、半治だ。

半治は修次の前に立った。

半治が何か言っている。ここからでは声は聞こえない。修次が何か言い、それに対して半治が答えている。

かなり、長く話し合っていた。

話が終わるとすぐ、半治は引き返した。修次は黙って見送っている。

やがて、修次は山門を出ていこうとした。

「修次さん」

仙太は飛び出した。

「どうしたんですか。何があったんですか」

「おとよはこの付近にいるそうだ。すまないが、おすみといっしょにおとよを迎えに行ってくれないか」

「どういうことなんですかえ」

「言う通りにしないと、おとよの命が危ういのだ。すぐ、おすみを連れてきてくれ」

「わかりました」

そこに藤十郎がやってきた。

「誰だえ、おまえさんは？」

「田原町で質屋をやっている藤十郎と申します。仙太さんと懇意にしています」

「それで、ついてきたってわけですかえ」

「ええ、で、どういう話になったのですか」

「おすみちゃんといっしょに迎えに来いという話だそうです」

仙太は訴えた。

「なぜ、そんな条件を？」

藤十郎が鋭い目を向けた。

「わからねえ」

修次は目を背ける。

「あなたは品物を渡したのですか」

「これからだ」

「これから？」

藤十郎がきき返す。

「じゃあ、仙太さん。頼む。おすみといっしょにおとよを迎えに」

仙太は藤十郎の顔を見た。

「そうしたほうがよさそうだ」

仙太は藤十郎が案外とあっさり引き下がったような気がした。

仙太は藤十郎といっしょに上野山下から稲荷町を経て田原町までやってきた。

「念のために、如月さんに行ってもらう」

「へい。では」

仙太は藤十郎と別れ、駒形町の長屋に戻った。

「仙太さん、おっかさんは？」

「まだだ。これから、おすみちゃんといっしょに迎えに行ってくれと、修次さんに言われたんだ。すぐ支度をしてくれ」

「わかったわ」

おすみはおとよの着替えなどを風呂敷に包んで外に出た。

なんでこんな七面倒くさいことをするのだと妙に思ったが、それ以上に藤十郎が素直に従ったことが不思議だった。

仙太はさっきと同じ道を辿《たど》って善行寺にやってきた。山門で待っていると、悪びれる様子もなく半治が現れた。

「よく来たな」

半治はにやにや笑う。

「おっかさんは？」

「案内してやる。ついてきな」

半治は寺の裏口から出て不忍池の西側へ向かった。ちょうど、池の真ん中にある弁天堂の裏に当たる。

木立に囲まれた中を半治は進んだ。

「待ってくれ。ほんとうにこんなところにいるのか」

仙太は声をかけた。

「何の話だ？」

半治が振り返った。

「何の話だと？」

「おっかさんは？」

おすみが問い質《ただ》す。

「心配いらねえよ。金と引き換えに、修次のもとに引き渡されたはずだ」

「どこで？」

「まあ、いいじゃねえか。話すのも面倒だ」

「なぜ、俺たちをここに連れてきたんだ？」

「おめえに死んでもらうためだ」

半治は本性を現したように険しい顔付きになった。

「はじめから修次さんが帰ってくるのを見越して、長屋に引っ越してきたのか」

「そういうことだ。江戸に戻れば、必ずおとよに会いに来る。だから、待っていたんだ」

「重吉を殺したのもあんたか」

「目障りだったからな」

「俺も殺そうとしている。なぜだ？」

「おすみだ」

半治はおすみに目をやった。

「なんだと」

仙太はおすみを背後に庇《かば》う。

半治は、

「長屋に住み着いてからずっとおすみに目をつけていたんだ。だから、おめえが邪魔だった。それだけだ」

「きさま」

仙太は拳を握りしめた。

「おい、出て来い」

三人の男が出てきた。三十前後の人相の悪い男たちだ。

「この前の連中だな」

「仙太。きょうこそ死んでもらおう。おすみのことは心配するな。俺の女にして可愛がってやる」

「いや」

おすみは仙太の背中で悲鳴を上げた。

男たちが匕首を構えて迫ってきた。

「ちくしょう。おすみちゃん、これは喧嘩じゃねえ。俺は喧嘩をするんじゃない。俺たちを守るために闘うんだ」

「仙太さん」

おすみが怯《おび》えた声を出した。

「危ないから離れているんだ。さあ、下がって」

おすみが数歩下がったのを確かめ、仙太は三人のうちの真ん中にいる大柄な男に、いきなり突進した。

相手はふいを突かれて目を見開いた。仙太は匕首を持つ手をかいくぐり、男の胸に体当たりを食らわせた。

相手は尻餅をついた。すかさず、右側にいた男のほうに向きを変え、足蹴をして相手がよろめいたところに摑みかかり、投げ飛ばした。

もうひとりの男が匕首を振りかざして襲ってきた。仙太は横っ飛びに倒れながら避け、起き上がりながら摑んだ小石を相手の顔目掛けて投げつけ、ひるんだ隙に猛然とぶつかっていき、ふたりともいっしょになって倒れた。

仙太は素早く起き上がったが、倒れた相手の苦し紛れの足蹴が脛を直撃し、その場にうずくまった。

「仙太さん」

おすみが声を張り上げた。

ゆっくり、半治が近づいてきた。

「仙太。さすが喧嘩馴れしているぜ。だが、もうおしまいだ」

半治は匕首を抜いた。

「俺を殺したら、おめえは死罪だ」

「心配いらねえ。誰が殺ったかわからないままでけりがつく」

「仙太さん」

おすみが駆け寄り、仙太にしがみついた。

「いや。仙太さんを殺すなら私を殺して」

「おすみちゃん」

「おめえは俺の女になるんだ。そんなことを言うもんじゃねえよ。それに、おめえが死んだらおっかさんが嘆くんじゃねえのか」

半治は無気味に笑い、匕首を握る手にぺっと唾を吐いた。

「仙太、覚悟しやがれ」

半治は匕首を構えて迫る。

「待て。そこまでだ」

半治の動きが止まった。

「如月さま」

源太郎が走ってきた。

「仙太。遅くなってすまぬ。出かけていて、藤十郎どのから聞くのが遅れた」

「きさま」

半治が後退った。

「この前の黒装束の男だな。二の腕の小柄の傷はもう治ったようだな」

「またしても」

半治は呻くように言う。

「黒幕は誰だ？ おまえが今回の筋書きを書いたわけではあるまい。十八年前なら、おまえはまだガキだからな」

「引き上げだ」

半治はいきなり逃げ出した。

「相変わらず、逃げ足の速い連中だ」

源太郎は苦笑し、

「ふたりともだいじょうぶか」

「へい。いつも助けてもらって」

仙太が立ち上がって礼を言う。

「なあに、気にするな。さあ、引き上げだ」

「おすみちゃん、早く長屋に帰ろう」

「はい」

三人は長屋に急いだ。

長屋に帰りつき、おすみの家に入って、仙太は目を疑った。おすみも呆然として部屋を見ている。

畳が持ち上げられ、床板が剝がされていた。

四

藤十郎がおすみの家に駆けつけると、まだ仙太とおすみは呆然としていた。

「あっ、藤十郎さま」

仙太が当惑した顔を向けた。

「帰ってきたら、こんなことに」

「何があったんでしょうか」

おすみが救いを求めるような目できく。

藤十郎は部屋に上がり、床下を眺め、

「仙太、元通りにするのだ」

と、声をかけた。

「へい」

仙太は床板を戻し、畳を元に直した。

「この床下に千両箱が隠してあったのだ」

藤十郎は言い切った。

「修次さんが隠したってことですか」

仙太が訝しげにきく。

「以前、ここには松吉という年寄りが住んでいたそうだ。おそらく、その松吉と修次が示し合わせていたのだろうが、詳しいことは修次に聞かねばわからない」

藤十郎は大家から聞いたことを話した。

「誰が、千両箱を?」

仙太が疑問を口にする。

「修次がおとよさんを助けるためにこの床下にあることを告白したのだ。この床下を掘るには家を空にする必要がある。だから、おすみさんをここから連れ出すために修次はあのようなことを言ったのだ。半治はそれを利用してふたりに襲い掛かった……」

藤十郎は不忍池から帰ってきた源太郎からふたりが半治に襲われたことを聞いたばかりだ。

戸口に人影が射した。

「おっかさん」

おすみが戸口に向かう。おとよはおぼつかない足どりで土間に入ってきて、おすみと手を取り合った。

「心配かけたわね」

おとよが涙ぐむ。

戸口に修次が立っていた。

「おとよさんはどこにいたのですか」

「柳原の土手で返してもらいました。駕籠に乗せられて」

「相手に心当たりはありますか」

「いえ」

修次は首を振った。

「修次さん、外に出ませんか」

「へい」

藤十郎は修次を駒形堂のそばの大川端に連れ出した。

「なぜ、あの部屋に千両箱が？」

藤十郎はきいた。

「一切をお話しします」

修次は覚悟を決めたように話しはじめた。

「押込み一味は盗んだ金をいったんあの長屋に隠したのです。あそこに松吉という年寄りが住んでいました。松吉さんも昔は旅芸人の一座にいた御方です。酒で身を持ち崩した人でしたが、私には父親のような御方でした。だから、たびたび、おとよさんに看病に行ってもらっていたんです。そんな場所だったので、いったん金をそこに隠し、ほとぼりが冷めたら、金を移動しようとしたんです」

「そのとおりにしたんですね」

「ええ、押込みのあと、千両箱を三つこっそり運び込み、それから一味はばらばらになって日暮里の隠れ家に帰ったのです。奉行所は駒形堂の近くから船で逃げたと考えたようですが、火盗改めはあの近辺に聞き込みをかけていたんです。松吉とっつあんは逃げきれねえから自訴しろと強く言いました。あっしも、一味に軽業師がいるらしいと火盗改めが気づいていることを知りました。それ以上に心を決めさせたのは、おとよのお腹《なか》にあっしの子が出来たと知ったからです。このままでは捕まって死罪。もし自訴すれば、遠島で済み、いつか江戸に戻れるかもしれない。子どもに会える。そのことに賭けて、自訴したんです」

「おとよさんにはすべて話したのですね」

「はい。おとよとは偶然に観音様で出会いました。本堂で手を合わせ、帰ろうとしたとき、同じように合掌の手を解いた女と目が合ったのです。あっしには運命のような出会いでした。お互い、目が吸い寄せられたようになって見つめ合っていました。それから声をかけて、一目惚《ひとめぼ》れでした」

　修次は当時を思い出すように目を細める。

「そんなとき、知り合った男から軽業師の力量を見込まれて、押込みの手伝いを頼まれたのです。塀を乗り越え、中から戸を開けるだけだからと。百両くれるという誘惑に勝てず引き受けてしまいました。百両あれば、それを元手に、おとよと商売をはじめられる。そう思うと、悪事を働くという意識はなくなりました。それからは、隠れ家でお頭《かしら》を交え、作戦を練りました。助太郎店にあっしの知り合いがいると話すと、そこにいったん盗んだ金を隠すということになったんです」

「おとよさん、驚かれたでしょうね」

「はい。泣いていました。お腹の子どもとふたりきりでどうやって生きていけばいいのかと。だから、何年かかるかわからないが、必ず戻ってくる。あの長屋で待っていてくれと言い含めました」

「そのとき、一千両のことは？」

「まだ残っているとは知りませんでした。ほんとうです。お調べのとき、隠れ家から二千両見つかったが、盗んだ金は二千両かときかれましたが、あっしは塀を乗り越えて戸を開けただけでいくら盗んだのかはわからないと答えました。でも、実際には千両箱が三つ長屋に隠してあるのは見ていました。だから、一味は用心して千両箱をひとつずつ隠れ家に運んでいて、まだふたつしか運んでいないのだと思いました」

　修次は息を継ぎ、

「あっしが隠れ家の場所を白状したため、一味は全員殺された。なんて罪深い奴だと思います。火盗改めの与力方の話では一味は百姓の娘たちを手込めにしようとしていたそうで、同情の余地はないということでしたが……」

「一千両のことを知っていたのは誰だと思いますか」

「わかりません」

修次は首を振り、

「一千両が消えたのを知っているのは『大津屋』だけだと思いますが、『大津屋』から話を聞いた人間が、いたのかもしれません」

「そうでしょうね」

藤十郎は頷く。

「あっしは今でも覚えています。芝の金杉橋から小船に乗せられて流人船に向かうとき、橋の上でおとよが泣き崩れていた姿を。俺は必ず帰る。心に誓いながら、おとよと別れました」

修次は一拍の間を置き、

「永代橋から出た者は二度と島から帰れない。でも、金杉橋からの出発は恩赦があれば帰れる。おとよもそのことを知っていたんでしょうが、いざ島に向かう私の姿を見て絶望に襲われたのでしょう」

「おすみさんにはどう話すつもりですか」

「柳原の土手から帰る道々、おとよと話しました。島帰りの男が父親では、おすみが苦しむでしょうから名乗るのをやめようと思います。おとよの話だと、おすみは『大津屋』で縫い子として働いているそうじゃありませんか。こんな因果なことはありません。じつの父親が『大津屋』に押込みを引き入れた男だったなんて言えやしません」

「島で、おすみさんに会うのを楽しみにしていたのではないのですか」

「親として会えなくても、元気な姿を見て安心しました。それに、おすみには仙太という素晴らしい若者がついています」

「これから、どうなさいますか」

「わかりません。ただ、私が帰ってきたことで、一千両をめぐる騒ぎが起こり、人死が出たことに胸が痛みます」

「私の勝手な考えですが、おすみさんはあなたが島帰りだからといって卑下するような娘さんではないように思います。あなたは罪を償って戻ってきたのです。死んだとされてきた父親が生きていたことの嬉しさのほうがどれほど大きいか」

「…………」

「それに、おすみさんはとても頭のいい娘さんです。ここまでの騒動を見ていると、あなたが自分にとってどういう存在かわかっているのではないか、そんな気がします。一度、じっくり今後のことを話し合うべきです」

「わかりました。何から何まで」

修次は目頭を押さえていた。


藤十郎が『万屋』に帰ると、吉蔵が待っていた。

「藤十郎さま、わかりました」

「そうか、でかした」

「浜町堀にある妾宅《しょうたく》らしい家に入っていきました」

「よし。すまないが、案内してくれ」

「はい」

吉蔵は先に立った。

不忍池の辺にある善行寺で、修次の話を耳にしたとき、藤十郎は勘づいたのだ。金はおすみの家の床下にあるのではないか。その金を狙う何者かが、おすみを長屋から遠ざけようとしている。そして、おすみと仙太が不忍池に行っている間に、金を取り出す。藤十郎はそう考え、吉蔵に見張らせたのだ。藤十郎の考えは間違っていなかった。

蔵前を抜け、浅草御門から浜町堀に向かう。だいぶ陽が傾いてきた。

「金をとりにきたのはどんな人間だ？」

「体格のいい遊び人ふうの男がふたりです。頭巾をかぶった侍が路地で待っていました」

「仙太が見かけた侍だな」

修次の前に現れたという武士のことを思い出した。

吉蔵が連れていったのは千鳥橋を渡った元浜町だった。

その一角に、黒板塀の小粋な感じの一軒家があった。しかし、よく見ると、塀の一部は板が剝がれかかり、門も少し傾いている。

「ここです」

吉蔵がその門に目を向けながら、

「以前はここで音曲を教えていたそうですが、今は看板を下ろしています」

「なぜ、やめたのだ？」

「わかりませんが、旦那が通うようになったからではないかと」

「なるほど。旦那が出来て、弟子のほうから去っていったのかもしれない」

藤十郎は事情を想像して、改めて家を見る。

「だいぶ朽ちているな」

「ええ。修繕がされていませんね」

「すまぬが、吾平親分を探してきてくれ」

「わかりました」

吉蔵が来た道を戻っていった。

この家の中に、千両箱があれば確かな証だ。

格子戸が開いた。大年増《おおどしま》に見送られて、年配の武士が出てきた。五十半ばと思える老武士だが、大柄でたくましい体つきだ。

白いものが目立つ眉の下の眼光は鋭い。

かつて火盗改方与力として辣腕を振るった大野甚兵衛ではないかと思った。思ったより早く出会えたことに、藤十郎は困惑した。

だが、この機会を逃してはならない。思い切って、藤十郎は武士の前に進み出た。

武士は立ち止まった。

「なんだ？」

横柄な態度で、武士は藤十郎を見た。

「申し訳ございません。私は田原町で『万屋』という質屋をやっている藤十郎と申しまして、駒形町の助太郎店に住むおとよ・おすみ母娘と誼《よしみ》を通じるものでございます」

途中から、武士の顔色が変わっていった。

「じつは、さきほど体格のいいふたりの男がおとよの家の床下からある物を勝手に持ち出し、こちらの家に運んだとお聞きしました」

「ちょっと、おまえさん。人聞きの悪いことをお言いでないよ」

大年増が近寄ってきた。

「私もおかしいと思いますが、念のために家の中を検めさせていただいてよろしいでしょうか」

「何をお言いだい」

大年増が眦をつり上げた。

「そんな理不尽なことをされちゃ迷惑だね」

「ごもっともです。でも、留守中に勝手に入り込んで、床下から品物を持っていくほうがはるかに理不尽です」

「無礼者。そちは我らを盗人呼ばわりする気か」

「いえ。何者かがこちらさまに罪をなすりつけようと、あえて運び入れたのかもしれません。あとで、妙な疑いをかけられるより、今そのことをはっきりさせておかれたほうがよいのではありませんか」

「我らはずっと家にいた。他人が入ってくればすぐわかる。誰も来なかったことははっきりしている」

「そうなると、よけいに困ったことになります」

「なに？」

「他の者が入り込んだのでなければ、あなた方が承知の上で持ち込んだということになりますが」

「無礼者。許さぬぞ」

武士は刀の柄《つか》に手をかけた。

「お待ちください。このようなところで刀を振り回したら、御家の名に傷がついてしまいかねませんよ」

「無礼討ちだ」

「無礼討ちだとしても、奉行所になんと説明なさるのですか。盗人呼ばわりされたと訴えますか。そしたら、その真偽を確かめるために……」

「これ以上、おぬしと話をしている暇はない。引き上げてもらおう」

「どうしても家の中を検めさせてはいただけませぬか」

「くどい」

武士は癇癪《かんしゃく》を起こし、

「商家の主人らしいが、これ以上、しつこくすると、おぬしの店を立ち行かなくさせるぞ。おぬしの店を潰すくらい、わけはないのだ」

「お言葉ですが、あなたさまにそのようなお力がおありなのですか」

「………」

「失礼ですが、ご尊名をお伺いしてもよろしいでしょうか」

「おぬしに名乗る必要はない」

　そこに、吉蔵が近田征四郎と吾平を連れてきた。

「藤十郎さま、遅くなりました」

「ちょうどよいところに。吉蔵から話を聞いたと思いますが、おすみ母娘の家から盗まれたものがこのおかみさんの家に運び込まれました。今、家の中を検めさせていただきたいとお願いしているところです」

「断る」

「私は北町奉行所同心の近田征四郎と申します。どうか、お願い出来ませぬか」

「失礼でございますが、どのような間柄でございますか」

「知り合いだ」

「どのような?」

　一拍の間があって、

「数年前まで、この女子は音曲を教えていた。わしはその当時の弟子だ。きょうはたまたま近くまで来たので寄ってみただけだ」

「そうですか。では、この家はこちらのおかみさんのものですね」

「そうだ」

「わかりました。では、おかみさんに頼みます。おかみさん、どうか、家の中を検めさせてもらえぬか」

　征四郎は大年増に顔を向けた。

「おかみさん」

　吾平は前に出て、

「これ以上ぐずぐずしていると、十手に物を言わせて、家の中に上がり込みますぜ」

「待て。最前、見知らぬ男がいきなりやってきて、品物を一晩預かってもらいたいと置いていった」

「そうですよ。困ると言っても勝手に置いていったんです」

　大年増も話を合わせる。

「ともかく、家に」

　征四郎が迫った。

　大年増は不貞腐《ふてくさ》れたようにため息をつき、家の中にみなを引き入れた。

　藤十郎たちは、床の間に風呂敷をかけたままで置いてある千両箱を見つけた。『大津屋』の刻印があった。

「お侍さま、お名前をお聞かせください」

　征四郎が迫った。

「この千両箱は見知らぬ男が勝手に置いていったもの。わしは関係ない。したがって名乗る必要はない」

「御先手組与力の大野甚兵衛さまではありませぬか」

藤十郎が言うと、武士の顔面は蒼白《そうはく》になった。

「わしはこの件に関係ない」

そう叫び、大野甚兵衛は家を飛び出していった。

「いい、身元はわかったのだ」

征四郎が言い、大年増に向かって、

「詳しい話を聞かせてもらおうか。見知らぬ男が千両箱を勝手に置いていったなどという言い訳が通用すると思うな」

征四郎が脅すと、大年増はその場にくずおれた。

五

ふつか後、夕方、藤十郎が長屋に行くと、修次が井戸から桶《おけ》に水を汲んでいた。

「藤十郎さん」

修次が会釈した。

「おとよさんと暮らしはじめたそうですね」

「へえ。おかげさまで。おすみもあっしを父親として認めてくれたんです」

「そうですってね、ともかくよかった。そうそう、仙太もおすみといっしょに？」

「そうなんです。おすみが仙太の家に移り、そのあとに私が入りました。十八年間待っていた暮らしがはじまりました」

「吾平親分が半治を捕まえ、すべて白状させました。首謀者は十八年前に火盗改めの与力として『大津屋』の押込み探索の指揮をとっていた大野甚兵衛でした」

「あのときの火盗改めですか」

修次はやりきれないように言った。

「あのとき、一千両を火盗改めがくすね、その証拠隠滅のために押込み一味を殺したのではないかという噂に憤然として、奉行所に乗り込んだこともあったそうです。修次さんが帰ってくることを知って、自分の妾の弟である半治をこの長屋に住まわせ、あなたを待っていたということです」

「みな、半治の仲間なんですかえ」

「そうです」

「大野甚兵衛は捕まったのですか」

「駒込片町にある御先手組の組屋敷に近田征四郎どのが訪ねていったようです。もう、奉行所に引っ張っているはずです」

藤十郎は大野甚兵衛が住む組屋敷の場所を成田周一郎から聞いて、征四郎に伝えた。

「そうでしたか。これで、すべて終わったのですね。藤十郎さまのお陰です。これからは、待っていてくれたおとよの苦労にむくいたいと思います」

「終わりです。そのことをお知らせに。では、これで」

「あっ、寄っていってください」

「また、ゆっくり寄せてもらいます」

藤十郎は長屋を出た。田原町へと向かうと、

「藤十郎さま」

天秤棒を担いだまま、仙太が駆け寄ってきた。

「ほう、売り切ったか」

藤十郎が空の駕籠に目をやる。

「へえ、いつもより仕入れを増やしたんですが、売り切りました」

仙太も弾んだ声で、

「必ず、三十両をお返しいたします。修次さん、いえ、おとっつあんも働いていっしょに返してくれると言っています」

「無理しなくていい。それより、喧嘩をせず、皆で仲よくな」

「へい。ありがとうございました」

大きな声で返事をして、仙太は去っていった。

藤十郎が『万屋』に近づいたとき、路地からふいに人影が現れた。

「あなたは……」

頭巾をかぶった大野甚兵衛だった。

「なぜ、ここに？」

「奉行所の人間が屋敷に来る前に飛び出してきた。付き合え」

大野甚兵衛は先にすたすたと歩きだした。藤十郎もあとに従う。

東本願寺の裏手の空き地にやってくると、大野甚兵衛は立ち止まり、振り返った。

「俺は火盗改めの仕事にやりがいを感じ、あの頃が一番充実していた」

いきなり、大野甚兵衛が話し出した。

「火盗改めは命を張って極悪人と闘ってきたのだ。隠れ家を急襲したときも、毒牙にかかろうとしていた百姓の娘が三人もいたのだ。全員いっきに殺さねば、娘たちが人質にされかねない状況だった。それなのに、『大津屋』の一千両は火盗改めがくすねたという噂は許しがたかった。私は本気で奉行所に抗議に行った」

「お気持ちはわかります。疑いは晴れたそうですね」

「そうだ。あの頃は若かったせいもあって、何事にも燃えていた」

大野甚兵衛は往時を偲《しの》ぶように目を遠くにやった。空は暗くなりかけている。

「長年務めた火盗改役を組頭さまが解かれれば、我らも御先手組の番士に戻る。だが、御先手組の勤務は月に四、五回しかなく、ほとんど非番だ。若い頃ならともかく、年をとると暇だからといって武芸の稽古に励む気もおきず、俺は音曲の師匠のところに通い出すようになった」

「元浜町の家ですね」

「そうだ。いつしか、俺は師匠と出来たってわけだ。そしたら、弟子はどんどんやめていった。あの女は俺に無心するようになった。御先手組の与力に金などあるはずがない。仕方なく、札差から借金をし、金貸しから金を借り、火盗改め時代に知り合った商家にも金を借りに行った。もう、どこからも借りる当てがなくなったとき、恩赦があった。それで伝《つて》を頼り、奉行所の同心から恩赦になる名簿に修次の名があるのを聞いたのだ」

大野甚兵衛は近づいて藤十郎の顔を正面に見た。

「俺は一千両がどこかに隠されたままだと思っていた。修次が知っている。だから、半治を使っておとよを見張らせたのだ。必ず、修次はおとよのもとに帰ってくると思ってな」

「金貸しの十文屋はおすみだけでなくおとよまで引き取ろうとした。ひょっとして、十文屋は……」

藤十郎は仙太が気にしていたことを確かめた。

「そうだ。俺は十文屋からも金を借りていた。そんな関係から、十文屋におとよを引き取らせようとした。人質をとったも同じになるからな。それは失敗に終わったが、半治がうまくやってくれた。一千両が手に入ったのだ。これで、思う存分の暮らしが出来る。そうはしゃいだ。だが、その喜びは束《つか》の間《ま》だった」

大野甚兵衛が刀の鯉口《こいぐち》を切った。

「おぬしさえ現れなければすべてうまくいっていたのだ。おぬしが、すべてを奪ったのだ。この恨み、思い知れ」

大野甚兵衛が抜き打ちに斬りつけてきた。

藤十郎は身を翻して剣を避け、さらに斬りかかってくるのを右に左に動いてかわした。

「大野さま。おやめなさい。これ以上、晩節を汚してはなりません」

藤十郎は叫ぶが、大野甚兵衛の耳には届かない。

「きさまのために俺の人生はめちゃくちゃだ」

なりふり構わず、斬り込んでくる。藤十郎は後退りながら避けていたが、なおも相手が突進してくるので、藤十郎も踏み込んだ。

剣が頭上に迫るより早く藤十郎はそれをかいくぐり、相手の腹に鉄拳を入れた。大野甚兵衛の動きが止まった。

よろめくように数歩進んでくずおれた。

「藤十郎さま」

吾平がかけつけてきた。近田征四郎もいっしょだ。

「組屋敷に行ったら屋敷を出ていったというので、藤十郎どのに仕返しに行くのではないかと思って駆けつけたのだ」

征四郎は言い、

「大野どの、観念なされよ」

と、大野甚兵衛に縄をかけた。

「ごくろうさまでした」

藤十郎はふたりを労った。

「これも藤十郎どののおかげだ」

征四郎が珍しく頭を下げた。

「そうそう、藤十郎さま。火盗改めが『扇屋』の主人を捕まえました。やはり、八つ頭の友蔵だったそうです」

吾平が苦笑した。

「あのまま突っ走っていたら、迷惑をかけるところでした。これも藤十郎さまのおかげです」

吾平は頭を下げ、大野甚兵衛の縄尻をとって引き上げていった。

やっとすべてが終わった。これで巣鴨村の庄屋の家までおつゆに会いに行ける。おつゆを誰にも渡さない。おつゆと自分にどんな明日が待っているか、藤十郎は思わず深呼吸をした。

解説

小椰治宣

江戸の田原町で質屋『万屋』を営む藤十郎を主人公としたシリーズも、本作で六巻目となる。藤十郎は二つの顔をもつ、謎の多い人物だったが、巻を追うごとにその素顔もはっきりとしてきて、今では冒頭からすんなりと藤十郎と心を一つにして物語に入り込める読者も少なくないのではなかろうか。江戸の庶民の間でも人情質屋『万屋』の名はすっかり定着したようだ。

ところで、江戸時代には質屋はすべて登録制で、無届けで営業することはできなかった。質物には盗品や禁制品などが含まれている場合もあり、警察的な検査のために統制組織（質屋仲間）が作られた（元禄五［一六九二］年）。そこへ登録させることで江戸府内の質屋を掌握しようとしたわけである。登録をすると、「作法定書《さほうさだめがき》」と質屋仲間惣《そう》代《だい》三名の焼印が押された将棋の駒形の看板が与えられた。「公認質屋」の証《あかし》といったところだろう。なぜ将棋の駒かといえば、「入ると金になる」（将棋盤で駒が敵陣に入ると裏返って金《きん》になる）という判じもので、これが好評で江戸質屋共通の商標となった。

本作でも〈土蔵造りの質屋の屋根に飾られた将棋の駒形をした看板には「志ちや」と書かれ、隅に万屋藤十郎とある〉と冒頭に書かれているのは、そうした背景をふまえているのである。江戸の湯屋（銭湯）の多くが看板代わりに矢をつがえた弓を吊《つ》り下げていた（「弓射る」を「湯に入る」に掛けた）のと同じ趣向で、江戸ッ子らしさの表われともいえる。湯屋も質屋もそれだけ江戸の庶民にはお馴染《なじ》みのもので、無くてはならないものであったのだ。江戸ッ子が毎日湯につかったように、質屋への出入りも日常のことであった。季節の変わり目ごとに、夏ものを質に入れ、冬ものを受け出す。臨時支出があれば、何かをとりあえず質に入れてその場をしのぐ。狭い長屋には余分なものは置いておけず、宵越《よいご》しの金（貯蓄）をもたない江戸ッ子にとって、質屋は一種のセーフティネットだったわけだろう。湯屋が江戸後期に五〇〇〜六〇〇件だったのに対して、質屋は二〇〇〇件以上もあったというから、そのニーズがいかに高かったかが分かるというものである。

また、質屋が登録時に将棋の駒形の看板とともに渡される「作法定書」には、質流れになるまでの期間と利率が定められており、刀や脇差《わきざし》、家財道具は十か月（のち十二か月）、衣類などは六か月（のち八か月）を限度とし、利子は銭百文（江戸後期で一文が約二〇円とすると、二〇〇〇円相当）につき月利三文（のち四文）とされた。当初年利三六パーセントだったものが、のちに四八パーセントになったわけだが、それでも当時の消費者金融に比べるとかなり低いものだったらしい。

さて、『万屋』に話を戻そう。これまでにも事件に絡む様々な品が、藤十郎のもとには持ち込まれてきた。順を追って思い返してみると、まず第一巻『質屋藤十郎隠御用』では、女物の煙草《たばこ》入れ、第二巻『からくり箱』では箱根の寄木細工のからくり箱、第三巻の『赤姫心中』では懐剣と続き、そのあとが竹紋の刺繍《ししゅう》入りの財布（第四巻『恋飛脚』）、そして前巻『観音さまの茶碗《ちゃわん》』が「黒い釉薬《ゆうやく》を使い、図柄に金色の稲妻が浮かび上がっている」見事な作りの茶碗だった。

では今回は、どんないわくのある品物が藤十郎のもとへ持ち込まれるのか——読者の興味はまずそこにあるはずだ。だが、その期待は意外な質草を前にして驚きに変わるに違いない。なんと、融通した金の形《かた》として藤十郎が預かったのは、人の「命」だったのである。

青物（野菜）売りの棒手振《ぼてふ》りをしている仙太は、喧嘩《けんか》早く、何かというと街中で喧嘩をくり返していた。その仙太が唯一素直に言うことを聞くのは、兄妹のようにして育った同じ長屋に住むおすみだけだ。ところが、そのおすみのところに〈『十文屋』の使い〉と名乗る男たちが、借金の取り立てに突然現われた。病気の母親に飲ませる朝鮮人参の代金を、金貸しの『十文屋』の旦那から借りたという。少額だったはずの借金が、なんと三十両になっていて、返せなければ『十文屋』の旦那のところに奉公に出ろと、男たちが迫ってきた。おすみは白紙証文に自分の名前を書いてしまっていたのだ。

　仙太はおすみに代わって、その三十両を自分で工面する決意をし、まずは、棒手振りの菊造親方のもとへ足を運んだものの、出してくれたのは親の形見というくすんだ色合いの銀製の煙管《キセル》一本だけ。親方の指示で、それをもって『万屋』を訪ねたのだが……。

　藤十郎は、これまでに二度仙太が喧嘩する姿を目にしていた。気に掛かる男だったことは確かではあった。金が必要な詳しい事情を聞いた藤十郎は、「お願いです。この命を形に三十両をお貸し下さい」と哀願する仙太に対して、「よろしいでしょう」と答えるのだ。ただし、「喧嘩は一切しないこと」――それが条件だった。

　この二人の、命を質草にするやり取りが、本作前半の読み所の一つと言っていい。果して仙太が、このあと喧嘩を一切しない生活を送ることができるのか。仙太の成長と、それを温かく見守る藤十郎との心の交流をさりげなく描いているあたりにも、作者らしさが感じられる。そうしたところに小杉流時代小説独特の清涼感を生む源泉があるのだろう。

　そしてもう一つの読み所は、謎解きの妙味だ。今回は、命を質草に取った仙太の周辺で事件が起こる。ごろつきに絡まれていたのを仙太が助けてやったことのある年寄りが、長屋のすぐ近くで、心ノ臓を一突きにされて殺されていたのだ。しかも、殺される前夜、仙太の住む長屋の様子を窺《うかが》っていたらしい。助けてもらった仙太を訪ねてきたのか、それとも別の目的があったのか。ところが、その事件を知ったおすみの母親およよが、殺された男の特徴を仙太に詳しく訊《き》いてきた。おとよは何かを隠している様子なのだ。おとよは誰かを待っているようにも見える。それは、おすみの父親なのか……。

一方、藤十郎も仙太絡みのこの事件が気になっていた。仙太が年寄りを助けるところを偶然目撃していた藤十郎は、仙太の去ったあとその年寄りに声を掛けていた。そのとき、重吉と名乗ったのだが、その重吉はどうも二十年近く前にも長屋の近くに来ていたらしい。おとよが、生まれたばかりのおすみとともに、今の長屋に住み始めたのが十八年前だった。そのころに、何かあったのではないか。目つきが鋭く、怖い感じがしたという重吉の素性も容易に摑《つか》めない。だが、その素性が明らかになったとき、過去に起きたある大きな事件が浮かび上ってくる。そして、おとよが長屋を決して動かずに十八年間待っている人物の姿も明らかになるのだが……。

というような過去と現在とが輻輳《ふくそう》する「事件」の謎解きと同時に、シリーズ全体を貫く、もう一つの物語も大きな転換点を迎えることになる。冒頭でもふれたが、藤十郎は質屋の主人というオモテの顔の、そのウラに『大和屋』の三男という真の顔をもっている。『大和屋』は町人を装ってはいるが、徳川家康の遺命を継ぐれっきとした幕臣なのである。家康は天下が太平となり商人が台頭するにつれて、武家が困窮していくであろう事態を予測して、札差《ふださし》からも相手にされなくなった旗本・御家人に金を貸し出し、救済する、いわば幕臣のためのセーフティネットの役目を、『大和屋』に担わせたのである。資金源は、浅草弾左衛門で、特権的な職を与えることで、そこに莫大《ばくだい》な金が集まるようにしていた。その『大和屋』の存在そのものを不要とする動きがこのところ幕閣で起きており、『大和屋』は存亡の機にあった。それを救う手立てが、ある譜代大名の次男が見初めた、大和家の譜代の番頭の家柄の娘おつゆとの縁談をまとめることだったのだ。

だが、おつゆと藤十郎とは、互いに心を通わせる仲である。『大和屋』の一員として、藤十郎はおつゆと添い遂げることを断念せねばならない。だが、おつゆは、藤十郎以外の男との縁談は、相手がどんなに身分が高かろうと受け入れる気はなかった。

『大和屋』の使命とおつゆとの至上の愛――この二つの板挟みにあった藤十郎は、果していかなる道を選ぶのか。二つの相反する選択肢を両立させるような都合の良い道はない。ではどうすべきか。

シリーズ第四巻『恋飛脚』では、武家社会そのものを掌中に収めようとの野望を抱いて江戸への進出を企《たくら》む、大坂の豪商鴻池《こうのいけ》一族（裏鴻池）との死闘を繰り広げた藤十郎だったが、今回はそれ以上の窮地に追い込まれたと言えそうだ。

小杉健治の生み出す小説の世界は、時代小説でも現代小説であっても、その核にあるものは「愛」である。例えば、ミステリーの代表作の一つ『父からの手紙』（光文社文庫）では、わが子を思う父親の究極の愛が描かれていた。本作でも、その信念は貫かれている。だから読者の心をゆさぶり、感動させることができるのだ。

それは、仙太とおすみ、おすみと母親のおとよ、おとよと彼女が待ち続ける男、それぞれの間を互いに結び合わせる太い絆《きずな》という形で、本作では表現されてもいる。これら三本の絆が、一本により合わさったとき、さらに太くて大きな「愛の絆」が生まれるに違いない。作者は、あえてそこまで書かずに筆を止めてはいるが、読者はその先を想像せずにはいられない。そこに読後の清々《すがすが》しい余韻が生まれてくるのである。梵鐘《ぼんしょう》を撞《つ》いたあと、その音が長く尾を引いて耳の奥に響いてくるのと似ている。本作では、その音は読者の心の奥深くにまで響いてくるはずである。

そして、「愛」といえば、藤十郎とおつゆ――この二人の愛がいかなる行方《ゆきがた》を示すのか。読者の最大の関心事はそこであろうが、こればかりは、その先を想像するのは難しい。次回作を辛抱強く待つしかあるまい。本シリーズに関しては、待つことも愉しみの一つなのである。

（おなぎ・はるのぶ　日本大学教授／文芸評論家）

本書は、集英社文庫のために書き下ろされた作品です。

小杉健治の本

質屋藤十郎隠御用

万屋は庶民の味方の質屋。ある日、女の煙草入れが持ち込まれる。なかに奇妙な手紙が挟まれて……。主人藤十郎がその謎を追って動き出す。質屋を舞台に人情味豊かな世界を描く。

小杉健治の本

からくり箱

質屋藤十郎隠御用 二

浅草の万屋は庶民の味方の質屋。ある日、大きさに不似合いな重量のからくり箱が持ち込まれる。中に何が入っているのか……。あったかな世界にはまる書き下ろし推理時代小説。

小杉健治の本

赤姫心中

質屋藤十郎隠御用　三

人気女形が殺され、密会中だった大店の内儀が強盗に襲われたと証言。翌日、万屋に町娘が懐剣を質入に来て、主人の藤十郎は不審を抱くが……。謎の質屋が事件を解く痛快時代小説。

集英社文庫

小杉健治の本

恋飛脚　質屋藤十郎隠御用　四

浅草の万屋は庶民の味方の質屋。竹紋の財布を持ち込んだ上方なまりの男が殺され、竹紋に覚えのある主・藤十郎は、事件の謎を追って大坂へ。人情味豊かな痛快捕物帳。書き下ろし。

観音さまの茶碗　質屋藤十郎隠御用　五

小間物屋の幸三は、客に二十両分騙し取られた。幼馴染みの文太郎に借金を頼みにいったが断られる。その帰り、拾った茶碗を質入れするが……。質屋主人の人情名裁き！　書き下ろし。

集英社文庫

質草《しちぐさ》の誓《ちか》い　質屋藤十郎隠御用《しちやとうじゅうろうかげごよう》　六

2017年11月25日　第1刷　　定価はカバーに表示してあります。

著　者　小杉健治《こすぎけんじ》

発行者　村田登志江

発行所　株式会社　集英社
東京都千代田区一ツ橋2-5-10　〒101-8050
電話　【編集部】03-3230-6095
【読者係】03-3230-6080
【販売部】03-3230-6393（書店専用）

印　刷　株式会社 廣済堂

製　本　株式会社 廣済堂

フォーマットデザイン　アリヤマデザインストア　　マークデザイン　居山浩二

ISBN978-4-08-745669-1 C0193